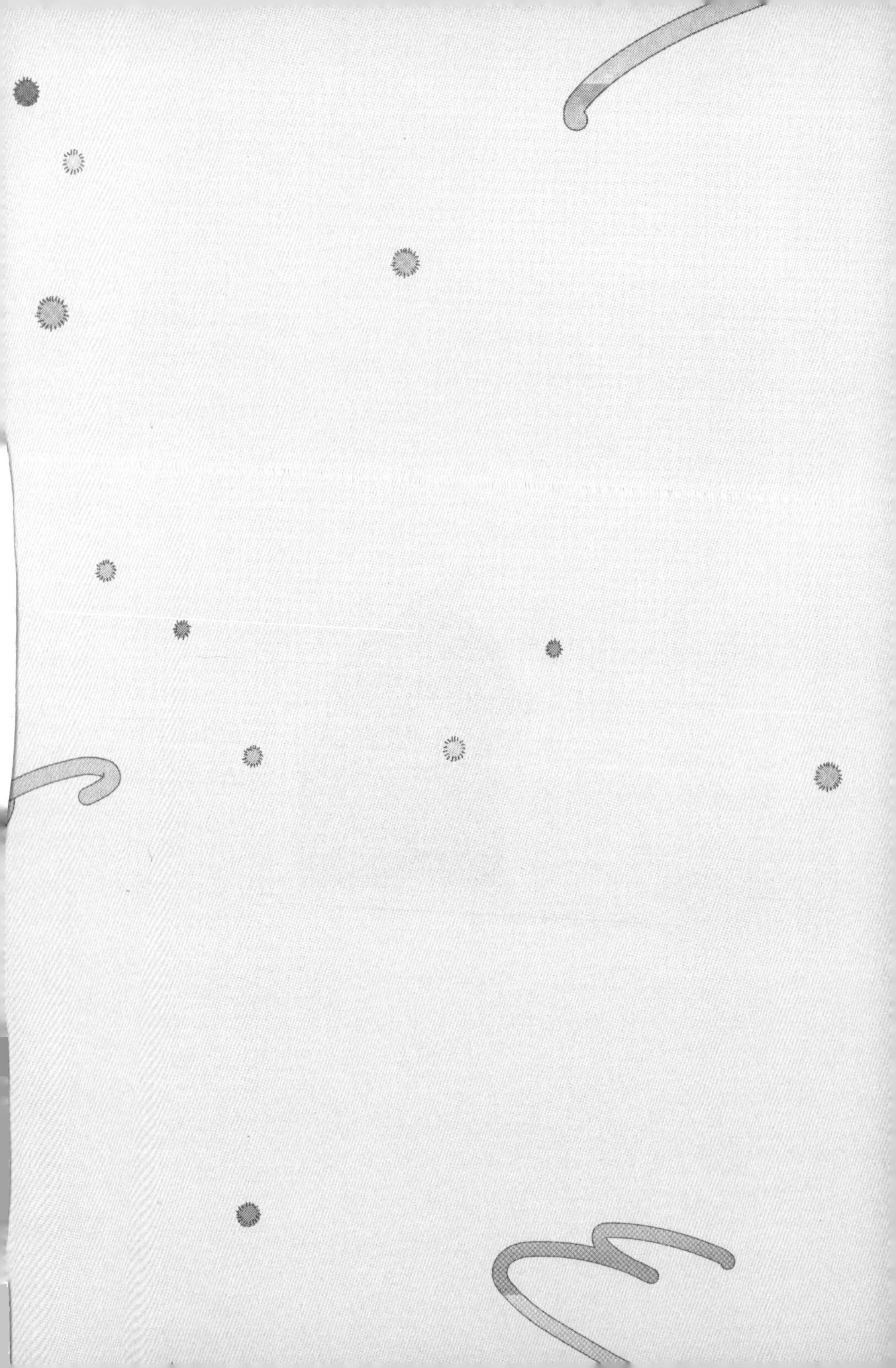

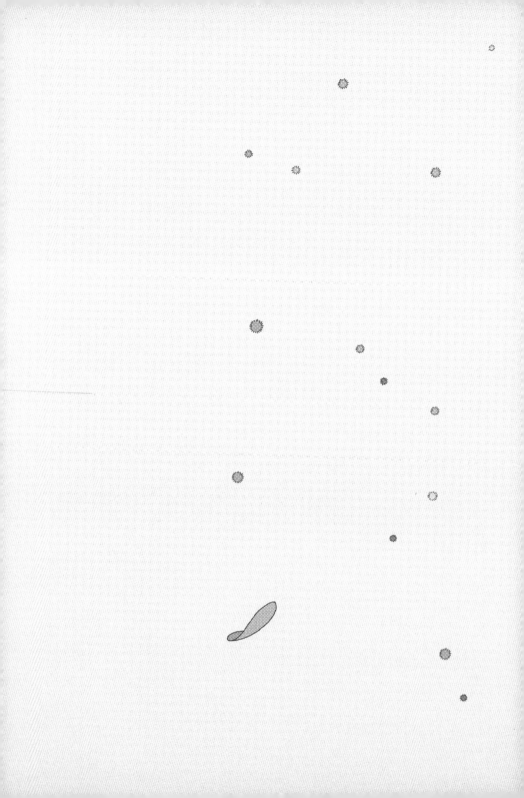

玻璃彈珠都是貓的眼睛

張嘉真 著

suncolor 三采文化

Contents

目錄

馴鹿尋路

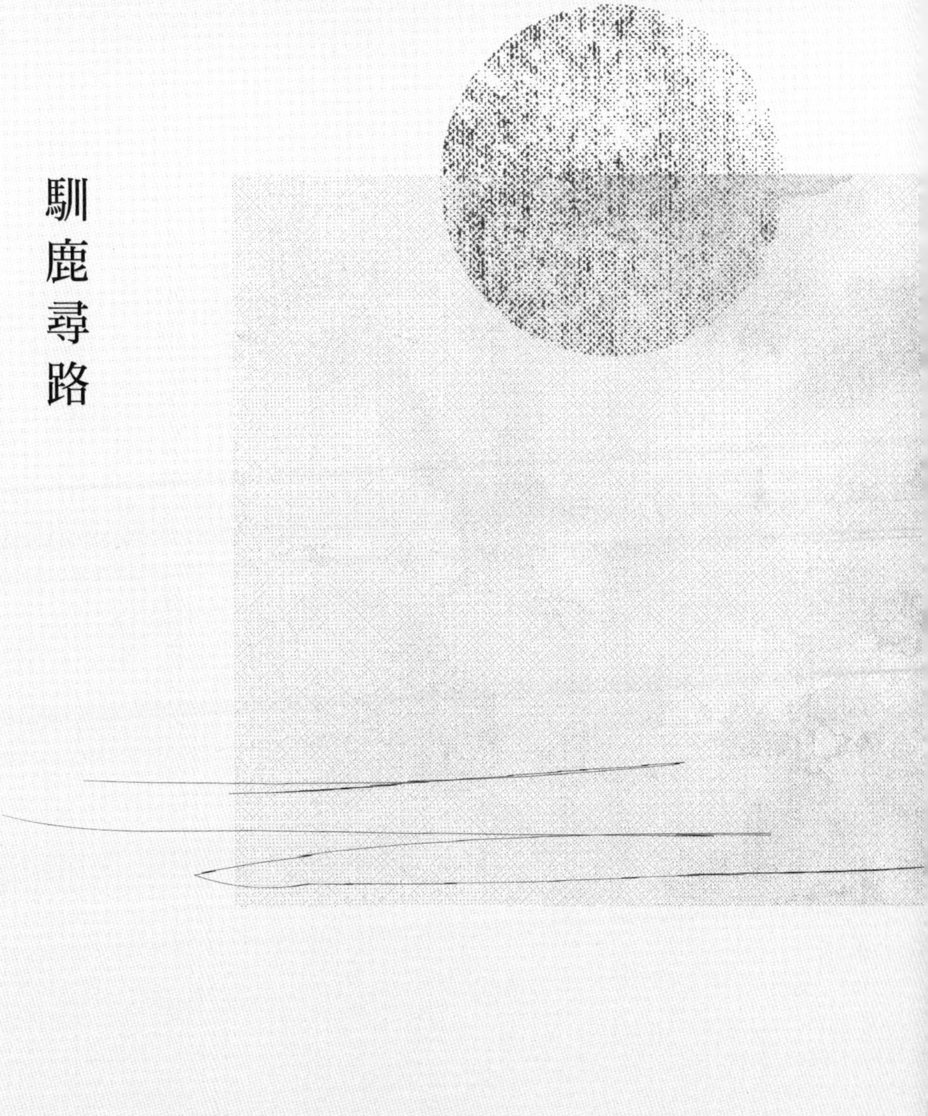

她很喜歡他的歌，那些她其實聽不明白的韻腳和聲調，可是她無法引以為傲。她聽不懂南國小島的方言，就像他看不懂北美大陸的馴鹿。

海風吹著你的背影　吹著你的願望
我說我相信總會有那一天　會實現你的誓言
免驚咱寬寬行[1]

晚上十點，火車站前的人行道，剩下寒風和急著回家的旅人。

喀嚓。

他唱完最後一句，抬起頭就看見她一手掛著宵夜，一手拿著相機，笑容才是攝影機該捕捉的那樣燦爛。

稀稀落落的掌聲結束，只有她走到他面前。

「回家吃滷味吧。」晃了晃不斷冒煙的塑膠袋，她笑得發燙。

「阿迪他們最近都很早走。」林渝靜說，兩人份的宵夜比較省錢。

「嗯，一個要顧小孩，一個要顧未婚妻，免得到時候沒有老婆娶。」

「他們快結婚了吧？」她點頭，隨即想到，「喜帖呢？」

「最近比較多事情要忙，還沒弄。」他說。

「好吧，案子多接一點，阿迪老婆也會比較安心。」

楊正勳似乎愣了愣，或者只是她的錯覺，那一刻吉他背帶摩擦肩膀的聲音忽然變得清晰。

「對了，你的影片我晚點才能修。明天有個案子要交。」她說，很快又想到一些瑣碎的小事。

說著說著，路也就這麼走完了。

儘管沉默的那個片刻，她好像看不見巷子的盡頭。

藝術家。林渝靜記得她和楊正勳被稱讚是天生一對。

一個攝影師，一個音樂人，好像連吐出的氣息都有美術館的味道。

但事實是他們連美術館的門都還沒走進。努力爭取正職攝影師的後補與找不到錄音室的街頭藝人。

林渝靜看著螢幕上兩人青澀的照片，想起過去還在大學裡盡情遊蕩的他們，天不怕地不怕的，想著夢便能勇往直前，最後卻被困在這不上不下的尷尬點。

一起租了一間房，四處都能看見夢想的殘膠。歲月拉拉扯扯，藍圖已經模糊不清，終是剩下一大塊刺眼的痕跡。金旋獎的獎杯還放在音響上，得名的照片裱了框掛在床頭。

照片裡，她莫名其妙抱著阿正的獎杯，被笑得張狂的他摟著，好像已經抓住全世界。

她忽然想點一支菸，想緬懷那樣的歲月。可是嘴裡還咬著米血。

「阿正。」林渝靜轉過頭，叉起一塊豆腐。

她和楊正勳背靠背坐著，一人腳上放了一台筆電，楊正勳編他的曲，她修她的照片。能夠相處的時間不多，儘管各做各的事他們還是想要聚在一起。

「幹嘛？」楊正勳拿下耳機，手機卻響了。

看著他走進房間的背影，林渝靜鬆了一口氣，她的勇氣薄弱得可憐。

她其實還沒有想好該怎麼開口，儘管徵選就在明天。

這個月來，楊正勳總是如此，異常多的來電，熬夜時房間傳出的是人聲而非音樂。她幾乎可以猜到他正在做什麼，只是不願意說破。

作為回報，她也想揣著一個祕密不告訴他。是賭氣也是逃避。

「妳剛剛要跟我說什麼？」楊正勳走回來的時候，林渝靜正戴著他的耳機。

「這幾首怎麼都是台語？」她沒有回答，指著還在編曲的檔案，問。

「有人邀稿啊。」楊正勳說，咧嘴呵呵笑了幾聲。

「不會又是社運吧？」

「對啊，可是我們只弄音樂，不然嚇跑阿迪的老婆就慘了。」他習慣性地摸摸林渝靜的頭，好像這樣就能撫掉她的情緒。

「你們就是為了這個，忙到沒印喜帖呀。」

「反正阿迪現在都回家陪老婆了。」楊正勳搔了搔頭，不知道怎麼回應，一邊說著不相干的話，一邊收拾筆電。

「你要出門？」她注意到他穿上外套。

「有些東西電話講不清楚，音檔傳來傳去很麻煩。」楊正勳解釋，「妳弄完妳的東西就先睡，不用等我，明天案子加油啦。」

他拿了機車鑰匙，向她道過晚安。

可是他沒有帶吉他。

林渝靜點開她剛才傳到自己電腦裡的音樂，熟悉的聲音放出來，她聽起來只有無奈。

她很喜歡阿正的歌，喜歡他低沉沙啞的聲音在耳邊來回摩擦，喜歡那些她其實聽不明白的韻腳和聲調，可是她無法引以為傲。

她聽不懂南國小島的方言，就像阿正看不懂北美大陸的馴鹿。

但她仍願意聽他唱一首首歌，而他仍願意陪她看一次次重播的馴鹿遷徙。

早上八點，林渝靜拿著咖啡推開辦公室的門，感覺心跳快要衝破胸膛。翻來覆去直到凌晨三點都無法入眠，只好買了咖啡。比起心悸的困擾，她此刻更需要清醒。儘管她還是想不透失眠的原因，是夢想已久的徵選機會，還是始終空蕩蕩的左邊床鋪。

忽然有隻手抓住了她的咖啡。

「妳到底有沒有睡覺？等一下開會，Boss 不會想看到妳這張死人臉。」康六十奪走她的咖啡，丟在一疊資料夾和照片之中，一滴也沒灑出。

「我很早就上床了，只是睡不著。」

「又在想那個男人的事？我聽妳說他反常到像是外遇的事一個月了，怎麼還沒想通，早點放生他？妳整天擔心他做那些荒唐事，為了他睡不著，妳都出門了他才回家，完全不用面對妳的黑眼圈，妳沒感覺，我都為妳掬好幾把辛酸淚了。」康六十嫌棄地看了一眼黑咖啡，「還只買得起速食店這種放在路邊連狗都不喝的合成液體提神，多廉價。」

她扯了扯嘴角，表示自己聽見了。

喝了一口黑咖啡，苦澀的後勁好強好強，「沒辦法不管他在幹嘛啊。」

「戀愛中的女人，麻煩。」點評結束，康六十轉頭，甩了林渝靜滿臉圍巾。

「六十。」她叫住他。

「幹嘛？妳現在跟我告白我也不會接受。」

「你多想了。」林渝靜灌了幾口咖啡，壓驚。

「快說，我的時間妳浪費不起。」康六十這麼說，卻還是站定等她。

「我好緊張。」

拿著隨身碟的手微微打顫。她夢想的北美、冰原、馴鹿，外面的世界，現在就被她捏在手中。

她深呼吸，感覺自己像是被撈出魚缸外的金魚，徒勞無功地動著鰓，卻抓不住氧氣。

而康六十的聲音替她加了水，「選不上就把責任推給那個晚上不回家的男人，是他讓妳無法安心準備徵選，叫他負責出錢帶妳去北美拍馴鹿，到時候還能跟那個沒眼光的負責人炫耀妳有個有錢有閒的男朋友。」

「負責人怎麼看都更有錢吧。」

「就叫妳放生你男人了。」

一直繃著的嘴角忍不住鬆動了，眼前的人總是有本事隨時隨地逗樂她。康健仁，俗名康六十，總能開最不堪的玩笑，卻又在她底線的及格邊緣。

林渝靜上台發表的序號是最後一個。

她的視線來回穿梭在台上的檔案與桌下的筆電，哪一邊她都放不下。想看看對手的能力有多強，又想要再提升自己作品的實力。

煎熬著，有人拍了拍她的肩膀，林渝靜嚇得一抖，抬起頭看，原來是康六十。他結束，就是她上台了。

「用妳老是被男人牽著鼻子走的那股傻勁，衝。」他輕聲說。

狠狠點了點頭，她闔上筆電，似乎還能感覺到昨夜阿正留在鍵盤上的溫度。

她需要阿正所向無敵的勇氣，卻又痛恨他的勇氣總是把他帶離自己身旁。

看著楊正勳專注盯著螢幕的側臉，她就無法開口，告訴他，其實自己也想要被他這麼專注地看著。

「大家好，我是林渝靜。」她開口，另一隻手在口袋裡不安地絞成一團。

投影片上出現她的照片，好大，所有細節都會落入別人眼裡，無論好的壞的。

她吸了一口更深的氣。

「這是東京灣的海，海上的泡沫和人。」

「這是吉他，嗯，和正在彈吉他的人的手。」

「這是下著雨的台北的晚上，很冷，冷得我以為抬起頭就會看見雪。」

「這是翻拍電視上的馴鹿遷徙。我沒有修掉摩爾紋，因為，那畢竟不是在我眼前的，我不想假裝我的鏡頭能夠摸到馴鹿和雪。」

「最後一個是影片。」

林渝靜知道這一次的徵選只需要上呈照片，但她太想和誰分享那段勇往直前的歲月，所以偷偷為他的歌配上自己想像中的畫面，儘管她知道那不是為他們而作的歌。

吉他的和弦刷著，間斷三次，像是被誰不經意按了幾次暫停。影片是她和楊正勳的笑：乾裂的唇、紅潤的唇、上緣帶著鬍渣的唇、蒼白卻硬是咬出血色的唇，不管如何，總是上揚的。最後，是她與他笑著碰了一下，又快速分開的唇。

她在歌聲開始前按了暫停。

「以上是我的作品，謝謝。」

收工，她提著食物和啤酒，來到楊正勳表演的地方，心中的興奮和不安混在一起，就像那包五顏六色的滷味。

有吉他的聲音，但不是她所熟悉的。

那首歌結束，她鼓掌然後走上前放入一張鈔票，攤開的吉他袋子很空，大男孩開心地和她道謝。她總是希望所有人都能按著自己夢想的方式生活，看著別人離夢想近一步，就好像自己也多一點機會。可是對著楊正勳，手就是鬆不開。

林渝靜沒有打電話給他，路過擺滿拒馬的府院，彎進小巷子內，她毫不費力就找到淹沒在鮮豔招牌下的木門，小店沒有名稱，只掛了一面湖水綠的旗子。

她站在門外猶豫了一段時間，直到笑聲和歌聲漸歇，直到她聽見他被點名。

「阿正。」推開門的聲音很突兀，但她管不了那麼多，她甚至連假裝寒暄都做不到。

所有人都轉過頭來盯著她看，她努力只看著她要找的人，不去想尷尬。

「渝靜？妳怎麼會來？」

「宵夜。」

她終於擠出一個僵硬的微笑，「你可以過來一下嗎？」

他們站在路燈下，影子被拉得好長，可是林渝靜仍覺得自己矮楊正勳一截。

「我在車站找不到你，就過來了。」相對無語，她竟然先解釋。

「呃，對不起啦，我忘記跟妳說我今天不過去唱了。」

她不說，他就不肯直視她受傷。

林渝靜的視線越過楊正勳，飄到他身後飛揚的台灣獨立旗。

「你又要去嗎？」

「我、我，對，我會去，可是這場不會太衝，我只是，」

「隨便你。」林渝靜忽然覺得宵夜太燙手，拿不住，硬塞到楊正勳手裡，「你昨天說你只弄音樂，可是今天卻在這裡談衝場的細節。其實不只有今天吧。」

「渝靜妳不要這樣，我們好好談。」

他總這樣說，好像他的荒唐便能一筆勾銷。

「不用談。我要去北美了，我之前一直沒有跟你說過，現在你知道就好，至少你不用自己追來機場才知道這件事。這是公司的合作計畫，有人出錢徵選攝影師去北美拍馴鹿遷徙，行前訓練結束之後就會出發，為期一年。」

「妳？」

「我被選中了，所以我們不用談，你去衝場的時候我已經不在台灣了。」

風忽然變得很大，很大，好像下一秒就會把眼前的人捲走。

楊正勳的聲音一瞬間弱了下來，「妳是認真的嗎？」

林渝靜沒有說話，她看著楊正勳的錯愕，就像她發現男人正在安排衝場的錯愕一樣。

她不知道如何說出口，她不知道該如何怪罪他的隱瞞，那只是他實現理想的方式。

但她就是受傷了，所以她需要另一個人的傷來安撫她的痛。

「我要回去了。」無話可說，她轉身離開。

「渝靜，」他伸手，想要拉住她，但手指錯過她的髮間。

她沒有回頭，努力往前走，不去想自己把他刺得遍體鱗傷。

「能被選上真的很厲害。」

可是他只輕輕一句，就讓她無法踩過自己掉在腳前的淚。

或許就是因為這樣，她才一路從車站追來這裡。

「但妳還是來了？」

「對，我來了。馴鹿，一大群馴鹿，冰天雪地，連眼淚都流不出來就會結冰的冷，想到這些我就覺得好興奮。妳知道的吧，唉唷，妳應該也不會懂從來沒有看過雪，一去就是冰原的感覺吧？台灣從來不下雪的，除了幾個高山。」

「日本也是有不會下雪的地方。」她撇頭，呼出最後一口菸，將火花按熄，「睡吧，趁還暖得起來。」

「沙耶，妳覺得我這樣很荒謬嗎？」林渝靜沒有依言關掉手電筒，她翻過身，緊盯著新室友的眼。

日本女孩有一雙很深很深的瞳，林渝靜喜歡放任自己沉溺在她的眸色中。她沒有回應，只是自顧自點起另一根菸，等她開口。

上田鞘，她有個像是武士的名字，但其實是本質是內裡的刀，冰冰涼涼，只有菸頭的火花讓她看起來暖和一些。這樣的冷和她們即將抵達的北美大陸十分匹配，她們都是被選中的東亞女攝影師，分在同個帳篷。

沙耶，用中文唸她的名便是這個發音。

「我要出發的那天，他整晚都沒有回來，我留了一張紙條就走了。其實我很氣，我寧可他跟我大吵一架，質疑我瞞他這麼重要的事，我也好要他講清楚，可是他偏偏輕輕放下了。他這麼尊重我的夢，我要怎麼阻止他去做他的夢。」林渝靜說，「我不知道該對誰生氣，一想到那天他要挽留我，可是抓不住我的頭髮，我就想把頭髮都剪光。誰知道頭髮短了的那天，他竟然特別早回來。」

林渝靜摸著只到耳根的髮尾笑了，「在一起那麼多年，他從來沒看過我頭髮這麼短。可是他看見後什麼也沒說，洗完澡，像平常一樣問我要不要睡了。」

「後來阿迪告訴我，那天他會那麼早回家是因為有好消息。他們報了好幾屆都落空的音樂節終於上了，我那時候說好要去第一排幫忙拍照的。」

她的聲音越來越低，然後慢慢消失。那些藏在心中的奇怪情緒果然還是無法說出口。

安靜了一會兒，沙耶把菸往前遞，她接了。

「抽完就睡了吧。」

「嗯。」她狠狠地吸，狠狠地吐，把那一晚她惦記的青春一塊緬懷了。

如果是相片裡的她和阿正，一定只會爽快地抱在一起狂吻彼此整個晚上，不用去想越離越遠的夢，夢裡越來越碰不到的心。

「妳說他是唱歌的？」沙耶忽然開口，在菸將熄時。

「對啊，自己作詞作曲。」

「寫什麼？」

菸繼續燒，很快就燙到她的手。

林渝靜輕呼一聲，把菸丟進菸灰缸裡，關上了手電筒。

「就是歌。」

清早，林渝靜是被冷醒的。她拉開帳篷的一角往外看，太陽很強，反射在冰上的光都刺得她睜不開眼了。對冰原的戒心大大降低，她堂而皇之地跨出，隨即發現自己受騙了。

堪比得上外頭溫度的手拉住她，沙耶丟給她一件羽絨外套。

「天啊，這陽光也太心機了。」林渝靜可不敢再隨便往外跑了，躲回帳篷內，挨著沙耶取暖。

「蠢。」她看了她一眼，點菸。

「外面天氣看起來真的很好。」

「裝備上一上，開工了。」沙耶叼著菸，低頭檢查相機。

「妳只穿這樣，不冷啊？」林渝靜盯著她單薄的裝備，忍不住打了個冷顫，「至少戴頂帽子。」

她把菸呼在林渝靜臉上，甩了甩及腰的長髮，笑，「頭髮保暖。」

林渝靜伸手摸摸自己頭頂的兩層毛帽，覺得自己的心碎成片片。

踩著相似的足跡，她跟在沙耶身後走。在到集合定點前，她們還有充裕的時間可以拍拍自己喜歡的東西。

沙耶的耳朵很靈，總能及時聽見她停下的腳步聲，跟著收掉所有聲音，靜靜等她拍照。儘管她幾乎五步就會停下來一次，沙耶也沒有發出一聲不耐的提醒。

喀嚓。

林渝靜對著鏡頭內迷人的雪景傻笑起來。她很喜歡這種無拘無束的感覺。

待她抬起眼，才發現一直在前面的人影不見了。沒有出聲，她循著腳印消失的方向走，足跡越來越輕，越來越偏離主道。

林湄靜有些慌，只聽得見自己加重的呼吸聲，讓她不禁懷疑沙耶是不是不需要呼吸。

直到她分辨出灰白色外套與她身後的雪景，才終於鬆了一口氣。

沙耶的個子不高，她踮起腳尖，半個身子都靠著一棵被雪壓彎的樹，鏡頭正對著樹梢。林湄靜不知道她為了什麼著迷，只看見她腳下踩的滑坡。

她想要開口提醒她，卻怕嚇走了和沙耶同樣敏感的動物。

快門按下的那一刻，沙耶腳下的雪也鬆了。

林湄靜想也沒有想，一個箭步上前就先搶過她的相機掛在身上。而沙耶，自己抓住了她的手。

「妳應該去當捕手。」她喘著，唇角微微揚起。

「那妳就該自己在這裡被雪埋了。」林湄靜快要氣炸。她脫開另一隻手的手套，握住沙耶不斷滑開的手。

「不要，好冷。」

她還在笑，像是吃進一顆太甜的糖。

林渝靜瞪她，一手勾著樹，一手拉著女人，彎腰施力時沒能顧著手套，只能眼睜睜看它飛出她的懷抱，滾到遙遠的雪堆下。

「掉了。」沙耶好心轉告她。

「我有看到！」

氣喘吁吁地，兩個女人在雪坡上掙扎一時半刻，才慢慢回到平地。

「就算是有幽浮在妳頭上飛，也先看看腳下的路再決定要不要拍照。」林渝靜恨不得掐住上田鞘的脖子警告她。

「這樣幽浮就飛了。」她聳肩。

「就不要妳的小命也飛了。」

「這張照片夠好呀。」沙耶說，她忽然繞到林渝靜的左邊，拉起她沒了手套的那隻手，塞進自己口袋。

林渝靜一愣，轉過頭去，看到的還是沙耶那張冰冷冷的臉，一邊說著讓她咬牙切齒的話，「快點，沒時間沿路拍照了。」

她還沒想到如何反擊，手機忽然動了動，冰原收不到無線網路，她已經快要忘記震動的聲音。

「是阿正。」她拿出手機，下意識解釋。會傳簡訊的只有他。

「嗯。」前一秒才說趕時間，上田鞘卻走到旁邊，擺弄著那個被雪水浸濕的菸盒，似乎在想怎麼才能繼續抽。

林渝靜低著頭，沒有滑開手機，已經看見自動出現在螢幕的字句。

「所有流程都跑完了，不要擔心，衝場也可以很安全，只是這場可能會多跑幾次，但一切都會好好的，我會按時傳簡訊給妳，希望妳都能收到。北美的雪漂亮嗎？妳短髮也很好看，只是我還是夢見長髮的妳……」

後面還有一句，是她熟悉又無法理解的語言。

好不容易逃離台灣，她終於可以不用再看見那些她不想認同的事，可是橫越了大半個太平洋，他還是能輕易拉住她。

她閉上眼，不想看。

「歌，妳不是問我阿正寫什麼嗎？他寫台語歌，嗯，就是我們的母語。」

「我昨天晚上跟妳說的音樂節，其實我有點慶幸我不用去了。我、我不太聽台語歌，也不喜歡去那種地方，那裡的樂團都唱台語歌，都是我沒聽過的歌，我也聽不懂。我試著去了解楊正勳了，可是我還是搞不懂台語有什麼好的啊？我真的覺得……」

她最後還是沒有說，那些厭棄根源的話。

她既找不到一個立足點去擁抱本土，又拉不下臉坦承自己覺得出身丟臉。不上不下，她總是把自己搞到這種境界。

◐

「所以你就放她走了？」

「又不是分手。」

雖然這樣說，楊正勳還是喝了一大口啤酒。

「智障。」他被阿迪打了頭。但他覺得半夜背著未婚妻來陪他喝酒的人才是智障。

「自由啊，她也不用擔心我要不要去跑社運，要不要又去保我。」楊正勳說，他想起她總是又驚又怕，卻逞強地跟著他繼續跑就覺得心疼。

「拍馴鹿，多屌啊，你長那麼大，有人付錢帶你去美國唱嗎？」

「那你喝什麼悶酒。」

阿迪搶過他手中的啤酒，一口乾了。

「要喝自己開一瓶新的，髒死。」

「明天交歌，你會去吧？」阿迪不以為意，依言開了一瓶新的啤酒。

「嗯。」

「反正阿靜不在，也沒有人管你是不是去跑運動了。」

「我有傳簡訊跟她說了。」楊正勳皺眉，「她那天跑來找我竟然哭了，連去警局保我她都沒哭過，可是我沒事先跟她說我會再去，可能就真的受夠了吧。」

「啊她回你什麼？」

「沒。」他隨手拿了一瓶開著的啤酒，也不管阿迪喝過了沒有，「她沒回。」

「那邊那麼遠，簡訊可能也會遲到啦。」

「兩個禮拜了。」

阿迪終於沉默了，只剩下易開罐打開和被壓扁的聲音。

隔天，兩人睡到下午，手機裡的未接來電一大串，獨獨沒有楊正勳最想看到的那個號碼。

「拍謝啦，我就是睡過頭，沒喝沒喝，我們真的沒喝……多少酒。」阿迪拿著手機，拚命跟未婚妻道歉。

「欸……我們昨天比較晚睡，不好意思。」楊正勳拿起手機，也回撥了，搔了搔頭，他實在想不出什麼好的解釋，「現在就過去。」

拿了Demo帶，拿了手機，拿了譜。他想了想，最後連吉他也一起背上了。

「走。」楊正勳抓著還不敢掛電話的人出門了。

他們熟門熟路地推開木門，湖水綠的小旗子迎著風飛呀飛。

「嘿。」楊正勳舉起手，和坐在地上的幾個年輕人打招呼。

「為什麼沒有帶吃的！」像熊的大男孩抬起頭，失望。

「我們都遲到了。」阿迪終於肯放下手機。雖然這麼說，語氣卻完全沒有一絲抱歉的意思。

笑鬧了幾句，一群人迫不及待地要他們放歌。

樂聲從音響送出時，空氣凝結了一秒。然後那種熟悉的感覺將他們所有人包裹在一起，木吉他、爵士鼓，還有他們的語言。

他們很安靜地聽，看著手上的歌詞，微微發抖。

最後一聲吉他結束，他們的夢才正要開始。

「阿正，這邊可以弄得更親切一點嗎？欸，就是……大家聽過幾次，靠在一起就能大聲唱出來了。」女孩拍了拍楊正勳的吉他，指著吉他譜上的幾個和弦。

「好啊。」

阿迪湊了過去，靠在戴眼鏡的男孩身上，跟著他一起瀏覽歌詞，「有歌了，差不多也要上街頭了吧。」

「嗯，快了。」

他抬起頭看向窗外，旗子上的鯨魚好像能夠順著歌聲，游到遙遠的天邊。

一天一封簡訊，末了總有一句她沒有看懂的歌詞。她不得不面對那個即將到來的日期。

林渝靜看著簡訊裡傳來的台灣獨立旗，知道就是隔天，她好像能感覺到鯨魚尾巴在甩自己巴掌。

儘管早就知道這一切無可避免，她還是想要拔腿逃跑，跑到沒有楊正動消息的地方，又或者跑到楊正動面前，抓住他不讓他動彈。

每一次她都覺得自己生長的土地背棄了她，那片土地唆使曾經承諾她的男人一次一次背棄她。

是冰天雪地讓她麻木，還是南國的陽光沸騰了楊正動的血。

本就寒冷，看著男人道歉的訊息她覺得低溫更加刺骨。

忽然有暖意覆上她的肩。

「妳為什麼不想要讓他去？」是沙耶，外套還有她的體溫。

林渝靜不知道自己對簡訊發了多久的呆，但她能看見菸灰缸裡突增的菸蒂。

「我不想要去保他，不想要再收到存證信函了。」

眼淚掉了，原來不會結冰。

「我不知道為什麼要拚了命去做一些徒勞無功的事情，我們的政府就是這樣，就算他去衝撞一百次也不會改變。他如果看不下去政府的作為，他可以離開啊，那些勾心鬥角、官商勾結的傷害憑什麼是由他去承擔？他憑什麼以為自己可以改變這個社會？他憑什麼決定我夠勇敢，可以一次一次面對他被傷害？」

「我真的沒有他那麼愛那個島。」很不堪，但她忍不住了，「台灣是不是國家都沒有關係，我只要能繼續過我想過的日子就好。如果哪天我在那裡沒辦法隨心所欲地活，我就去別的地方。」

「為什麼，我只是找不到熱情錯了嗎？在他面前我就好像是叛徒一樣，我只能一次一次假裝我也很熱愛我的故鄉，可是我的故鄉給了我什麼？它給了我什麼讓我要拚命去維護它？」

這個小島的根，被每一代上岸的統治者拔了又拔。她也曾低頭去找過，可是被連根拔起的空洞裡只有淚。沒有人填補那些傷痕，沒有人告訴她，她是誰。

沙耶把菸熄了。

「不是妳的錯。」她抱著她，重複那句話。

雪下了又停，停了又下，但那句無力的安撫始終沒有消散。

不是誰的錯，不要再痛了。

睡了一覺起來，林渝靜覺得眼睛有點腫，好像睜不開。她不是喝醉，沒有忘記任何事，慶幸沙耶不在她身邊，睡袋上一片冰涼，她似乎起身很久了。

但林渝靜打開睡袋旁的保溫瓶，裡面的花茶還在冒煙。

不是她的黑咖啡，是沙耶從家裡帶來的茶包。

「茶包，目。」貼在保溫瓶上的便條，是沙耶盡力拼湊出的漢字。

日本女孩總讓她想起某一個色系，無論外表裏的是冰冷還是甜美，內裡都是一樣的溫暖。

喝著茶，熱熱香香的蒸氣讓她鼻頭發酸。她想起女人昨晚說過的話，其實她說的不多，甚至沒有給她任何意見，但林渝靜接受了。

她給了她落地的根基。在天空飄了很久，跟著風的方向橫衝直撞，她其實只是想要停泊。

手機被沙耶妥善收在睡袋旁邊，她一伸手就能拿到。

林渝靜拉開帳篷，用手機和外頭的雪水拍了一張照，照片只有她半張臉，一半的眼，一半的唇，長到肩膀與鎖骨之間，半長不短的髮。

「你要好好的你要好好的你要好好的你要好好的你要好好的你要好好的。」

按了送出，她將一半的自己寄給南國小島，一半留在北美大陸。

幾個月以來，她已經習慣順著腳印找到沙耶，但以後大概不能這樣判斷了。原先及膝的積雪融化為泥濘的沼澤，每踩一步都要小心濺起的泥巴。儘管這一段路對馴鹿來說異常艱辛，但只要跨過泥沼就能遇見綠地了，她也總算有機會脫掉最外層的防水羽絨外套。南方，旅途的中繼站就在不遠。繼續走，她聽到馴鹿群的聲響，也輕易看見以往總是融入背景的灰白色外套。

沙耶彎著腰，拍得入迷，似乎沒有發現林渝靜來了。

但等她走到她身邊，沙耶卻抬起了頭，挪開位置，讓她看見鏡頭裡的景色。

「牠落後了，有狼尾隨，進了森林馴鹿就沒有在冰原的優勢了。」她輕聲解釋鏡頭跟隨的畫面。

林渝靜沒有回話，她看著鏡頭裡仍舊急速奔走的馴鹿，覺得有些不對勁。

「牠有角，可是墊後。」公馴鹿會在冬天脫角，雌馴鹿總是走在隊伍的前頭。

沙耶湊上前，調節焦距，「好像懷孕了。」

「那怎麼可能還在後面？是不是受傷了？」林渝靜有些焦急，為了狼和鹿之間的距離。

但如果沒有捕到馴鹿，北極狼也會餓死，更不可能有小北極狼的誕生。

沒有誰對誰錯，只是先來後到。畢竟和鹿群一起橫越好長的路，牠們在她心中還是占了比較重的分量。

沙耶看著鏡頭中的馴鹿，沒有說什麼，聳了聳肩。

打開菸盒，她邀請林渝靜一起，「等吧。」

馴鹿的腳步一點一點慢下來，融化的雪水不是牠們擅長的場地，隊伍拖得更長，尾端逐漸被狼群趕上。

整齊的步伐聲被北極狼破壞。第一隻狼加速，衝入馴鹿群，隨後幾隻狼跟進，包圍牠們看中的目標。

然而鹿群的驚慌失措很短暫，在狼鎖定目標後，步伐又恢復了原先的頻率。牠們持續走，有同伴擋住了血口，牠們便不再為身後憂慮。除了血液和死亡，沒有任何事物能影響牠們前進。

林渝靜按下第一次快門，在狼群躍起的那刻。

雌馴鹿受驚，但並沒有亂了陣腳，牠努力奔跑，試圖跟上鹿群的庇護。

微微下垂的腹部搖晃著，牠每次抬腳，濺起的泥水就會噴上脹大的乳房。

牠只能跑，就算體內承載著多餘的重量，就算同伴越行越遠，牠還是奮力地跑著。

牠沒有回頭，利齒和蹄之間的摩擦沒有讓牠遲疑片刻，牠看著前方，好像只要一直看著前方就能抵達安全的地方。

牠們為了小小株的綠芽，橫越了整個冰原，再一步，每一步都是希望。

拿著相機的手微微顫抖，林渝靜忽然不知道自己和那群鹿有什麼差別，同樣都站在外圍，看著生命掙扎。

終於，按著快門的手失去力氣，她不想再湊近看那場鬥爭。不是害怕結局，而是害怕那穩定前行的聲音。

沒有一隻鹿回頭。

她無法克制自己去想，水車下、警棍下、腳鐐手銬下，沒有一個人為了楊正動回頭的畫面。

「欸，阿正，你覺得我們到底會變成什麼樣子啊？」

「不知道，只能試。」

「做了，也不一定會知道吧。」

「可是不做，就再也沒有機會知道了。」

楊正勳的鬍渣長了，他很久沒有打理自己，有時間睡覺已經很開心了。

這幾個月來，他們為了同一件事不停奔波，但始終在原地踏步，除了夥伴以外，沒有人知道他們在做什麼，正確來說，應該是沒有人知道他們的政府正在做什麼。

「我們這樣搞，一定又會被說只是想紅吧。」大男孩垂著頭，看不出表情，

「更慘的是，說不定衝了也沒有人發現。」

楊正勳無奈，只能拍拍他像熊一樣的肩。

猛地，他想到，「網路，欸，冰原應該收不到訊號吧？」

「可以吧，如果有基地台的話。」男孩推了推眼鏡。

「不是啦，我怕渝靜……」

所有人忽然沉默了，呼吸的聲音聽起來太勉強。

「幹，現在說這個還有用嗎？」阿迪用力巴了楊正勳的頭一把，「拎北的喜帖拖到現在都沒印，老婆還是在家，不要自己嚇自己啦。」

「對，不管我們變成什麼樣子他們還是都會在。」女孩說，眼淚在眼眶轉啊轉，終是沒有流出了，花了完整的妝容。

勇敢用完時，只能自己給自己。楊正勳再一次打開這半年來，他唯一收到的一封回音。照片裡的女人輕輕地笑，浮腫的眼皮看起來是大哭一場過後的樣子。

隔了一個太平洋，他還是能感覺到她打下這個句子的焦慮。

在最後的等待，他忍不住開始打字。他向她解釋這一切的前因後果，一封簡訊放不了那麼多字，就再接著下一封。

他總是因為害怕看見林渝靜不耐甚至是恐慌的臉色，就什麼也不跟她提，但這樣也只換到她哭腫的眼。

按了送出，楊正勳喝下最後一口咖啡，多希望天下一刻就會亮。

林渝靜現在非常想念咖啡，就算是速食店那種放在路邊都沒有狗要喝的合成液體她也甘之如飴。可是咖啡粉最近急遽消耗，已經空了。

她轉頭便看見正從帳篷內出來，起身仍舊習慣掏掏口袋的沙耶。

自從被分配到拍攝雌馴鹿生產的畫面，沙耶就沒有再抽過一根菸。從前沙耶至少還能躲在帳篷內抽一晚，那時她們還駐紮在離野生動物有段距離的地方。白天將帳篷拉鍊對著公路的方向拉開，看煙霧飄往森林的反方向比較沒有罪惡感。

可是現在距離馴鹿只有十多公尺，她怎麼樣也不願意拿出一根菸。走出帳篷，沙耶朝她比了個手勢，示意她輪班的時間到了。沒有香菸振奮混亂的睡眠時間，沙耶連開口都懶得。

兩人輪流進帳篷休息，一人睡，一人守著即將生產的雌馴鹿。

林渝靜起身，腳麻了，搖搖晃晃地和走過來的沙耶擊掌。身體疲累，但精神卻異常地亢奮，躺上睡袋，閉起眼，她總是看見馴鹿無止盡地往前走，越過了冰原，抵達了綠地，但牠們視若無睹，腳步仍然不肯停歇。

她已經和這些馴鹿走過了大半年，從嚴寒的極圈邊緣來到逐漸能看見綠芽的針葉林。牠們短暫地停下覓食、生產，直到風稍微變了向，又要啟程。

她被困在鹿群中，身不由己地走著。這真的不是她的天職。

「沙耶，我好想喝咖啡，好想吃熱食，好想睡……」她瞇起眼，靠在沙耶的肩上，想不出自己還要什麼。但心就是空空的，填不滿。

「妳睡不著？」她一語道破。

「嗯，我也很想揍昏自己。」林渝靜的鼻尖磨蹭著沙耶的髮，那裡有淡淡的菸味，舒緩她不斷跳動的太陽穴。

沙耶沉默。每當她耍賴地向女人提出那些她們做不到的事，女人總是把叼著的菸塞進自己嘴裡。

可是現在，她們連菸灰都沒有。

不知道過了多久，或許只有一瞬，女人唱起歌來。林渝靜有些訝異地抬起頭看向她，但沙耶只是專注地盯著鏡頭裡面的雌馴鹿。

她聽不懂沙耶唱的歌，是日語，又不太像她在日劇裡聽見的那些流利臺詞。女人的嗓子不好，抽過太多菸，聲音暗啞卻出奇地溫柔，像是母親的低喃。好久沒聽見有人親自唱歌了。和阿正在一起的日子，她已經習慣從聲帶裡傳出的旋律，會震動，有溫度，而非來自冷冰冰的耳機。

她閉起眼，想等曲終才離開，但她始終找不到最後一個音符，馴鹿卻停了下來，側臥在她看不見的遠方。

林渝靜再一次睜開眼，頭有些痛，精神卻難得飽滿。她低頭一看，不是塑膠帳篷的顏色，是土地。

她嚇得差一點跳起來，卻撞上沙耶。

「有睡夠嗎？」她仍盯著螢幕，沒有回頭。

「有，我……」林渝靜一時無法組織語言。她發現自己占著攝影師的那張椅子，而沙耶蹲在一旁。她剛剛是靠著沙耶睡著的，身上蓋著女人的厚外套，上面還有沒散去的菸味。

「換妳了。」沙耶說，想站起身，卻整個人往後摔。

「欸？欸，怎麼了？」林渝靜伸手，想要抓住沙耶，卻跟她一起往後跌。

慌亂中，她只記得伸手護著沙耶的頭。

女人的手摟著她的腰，盡量不讓林渝靜碰到草地，她卻還是有一半的身子濕透了。而沙耶自己則無一倖免。儘管來到南方，地上總是還有未融完的雪水。

「妳很重。」沙耶輕咳了一聲，撇開頭，沒有看她。

「對不起。」林渝靜慌亂地從她身上站起，拉著濕透的沙耶進帳篷，「妳快點去換衣服，這邊我先盯著。」

沙耶點了點頭，沒有說話，但林渝靜知道那是因為她已經凍到說不出話了。

她看著鏡頭內，還在來回走動的雌馴鹿，忽然覺得很想哭。她明明穿了很多，還是無法感到溫暖，而牠卻那麼悠閒地踩在薄雪之上的草地。

或許因為這裡就是牠的家。

換班的時間已經過了許久，沙耶還是沒有出現。

林渝靜不只一次看著手錶乾著急，她想進去帳篷看看沙耶，但雌馴鹿卻逐漸出現分娩的前兆，牠不再來回走動，臥躺著，偶爾抬抬尾巴。

她最終還是咬牙按下錄影，跑進帳篷內。

「沙耶？」她拉開帳篷的拉鍊，看見女人衣服才換了一半，卻倒在睡袋上。

「靠，妳醒醒。」林渝靜晃了晃她，沒得到回音。

她摸摸沙耶的額頭，很燙。

把女人濕透的上衣脫下，林渝靜一抖，發熱衣下什麼也沒有穿，她看見她的全部。她忍不住翻個白眼，把女人用睡袋裹起來。

低頭替她擦乾頭髮時，林渝靜忽然想起她們的約定。

從沒看過馴鹿分娩的她們，說好無論另一個人睡得多熟，一有動靜就要立刻把她叫醒，一起見證小馴鹿的誕生。

沙耶吐出的氣息噴在她臉上，熱的，還帶了一股好聞的香味。

「誰叫我答應妳了。」她沒有太多時間可以猶豫，捏了捏沙耶的臉，林渝靜便起身翻出女人自己藏在行李底部的香菸盒。

點起一支菸，她輕輕抽了一口，把菸放到女人鼻尖。

「一起看小馴鹿吧。」

沙耶的睫毛顫了顫，原先怎麼擺弄都沒有意識的人就這樣睜開眼了。

她看著林渝靜，恍恍惚惚地笑了。

沙耶和她並肩，這次林渝靜蹲在地上，而沙耶坐著，軟綿綿地靠著她。她們沒有交談，甚至小心克制自己吐出的氣息，自然而然地為新生命屏息。

雌馴鹿終於站起，在彎月上升到天頂時，一隻濕淋淋的小蹄踏了出來。

在母親體內搖搖晃晃越過了幾百英哩的小馴鹿也會成為一名越野健將的。

她們離生命的傳承好近，但仍然聽不見小馴鹿是否會害怕，從溫暖的母體掉進這個冰雪初融的森林。

雌馴鹿上前，輕輕舔著從牠體內分離出的新生命，小肉球會動，有聲音，有溫度。

小馴鹿不會怕冷嗎？馴鹿媽媽不會怕這團小肉球嗎？跟著馴鹿走了好多個月，林渝靜還是沒有搞懂牠們與生俱來的本能。

明明是在相對溫暖的針葉林中誕生，最後牠們仍會義無反顧走回一望無際的凍原。她知道自己為什麼無法理解馴鹿的堅持，因為她始終感受不到南方小島對她的羈絆。

她找不到回家的路。

雌馴鹿還未舔乾淨小馴鹿，新生命便急著站起來了。

牠的腿不停打顫，一次一次跌倒卻又迫不及待地重新來過，她們每看一次，都希望這是小馴鹿最後一次失敗。

「站起來了。」沙耶倒吸了一口氣，笑了。

「嗯。」

「啊，又坐下去了。」沙耶皺眉。

很少看見女人那麼孩子氣，林渝靜忍不住笑了。

但一聲長嚎打斷了她們的開心。

「狼。」沙耶說，調整焦距，準備捕捉這一切。

雌馴鹿也聽見了，牠站起來，不斷用鼻子拱著還在積雪與草地之間掙扎的小馴鹿。

林渝靜的手拿著相機，卻無法像沙耶如此冷靜地等待。

站起來，拜託。她多想對小馴鹿說。

別走開，拜託。她多想留住雌馴鹿。

誰都別放棄，拜託了。鏡頭裡明明是馴鹿，她看見的卻是柏油路上，孤零零抗議的布條和旗幟，和人。

狼群逼近的速度很快，牠們的身影就在視線盡頭。

而小馴鹿已經沒有力氣，跌坐在地上。

雌馴鹿得離開了，林渝靜看得清清楚楚，無論多無奈，牠也得走。

馴鹿媽媽最後留戀地磨蹭小馴鹿，然後轉身。

「隔年牠會再生下一隻小馴鹿吧。」林渝靜輕輕地笑了。

可是她心裡的那一個無可取代。

林渝靜重新拿穩相機，將狼群撕裂小鹿的每個畫面都留下來。那是小鹿最後的身影，而前一張還是舐犢情深的雌馴鹿。

身邊忽然傳來歌聲，是沙耶，她唱著那首哄她入睡的日文歌。

「這是睡前的歌，母親總會唱。」她唱了兩句，停下來解釋，「她離開的那天，我也唱了。那是我第一次唱。」

「我不太會說家鄉的方言，我從小就跟母親住在關東，母親沒有教過我她之前說話的習慣，只有這首歌有她的痕跡。其他都和那些超市的服務生沒有差別。」

「母親在的時候，我們沒有回去過，那裡已經沒有她其他親人了。我一個人更不敢過去。」她說，聲音和往常叼著菸的時候沒有分別，「我偶爾會唱，就像母親還在我身邊一樣。」

「希望牠也能感受到牠的母親就在身邊。」

最後一聲快門，小馴鹿倒在地上，血的腥味漫溢，四周的馴鹿都離開了。

她們也該走了。

她們待在帳篷裡，收拾睡袋和行囊，要前往下一個紮營的地點。

「那首歌很好聽。」林渝靜對沙耶說。

「嗯，謝謝。」出乎她意料地，女人的臉紅了，她有些慌亂地點起菸，「我一直不敢對別人唱，我找不到地方可以唱。」

「妳可以回家。」林渝靜說，她知道沙耶會懂，她說的並不是關東的房子。

「只是沒有勇氣。」沙耶點頭，吐出一口煙。

林渝靜還想說些什麼，但她想到自己也沒有勇氣去面對那個小島。

她吸了太大一口氣，忍不住咳嗽。她忽然發現這麼久過去，她還是沒有習慣北美乾冷的空氣，儘管拿不出心去愛那個小島，她仍然在帶有霉味的陽光下長成現在這個樣子。

「我們可不可以勇敢一點？」林渝靜小聲地問。她甚至不敢太張揚，怕嚇壞自己心中偶然冒出的勇氣。

女人沒有回話，死命抽著那一根菸，直到火即將燒到手指，她才抬起頭。

「好。」

林渝靜抱住上田鞘，還能感受到她過高的體溫。

「兩個俗辣抱在一起會變勇敢嗎？」

「會。」沙耶沒有問她那一句台語是什麼意思，自然而然就理解了，「因為妳很勇敢。」

「嗯，我們都勇敢。」

其實林渝靜並不覺得自己勇敢，只是她得這麼說，自己給自己勇氣。

她在整理行李時看見被自己藏在衣服底下的手機。她拿了沙耶的菸，用力吸幾口才點開訊息。

這麼多天過去，楊正勳只在他預告要出發的那天，傳來好幾封長長的訊息。

「現在才告訴妳這些好像太晚，但我不想要再跟妳道歉了。那首歌的歌詞還沒有傳完，我沒有算好天數，而且我也不敢讓妳看完，我覺得妳一定不會喜歡。我太怕妳離開我，結果妳就真的走遠了。融雪很美，我終於可以夢見妳的另一個樣子。既然妳給了我勇氣，我就會把歌唱完。」

「就這樣牽了手　一直走一直走　走到我們　都快樂都快樂
給我你的手　感覺你的無助
感覺我的手　給你我的憂傷
酸苦不會隨天黑消失　驚惶不會被天光照亮
所以
我們還要繼續走
走到我們都快樂
不管
你是不是了解我的痛
不管

我是不是懂得你在慌
我們生長在同一片土地啊
抓不住根我就幫你指方向
一起回家的路上
牽著你才真正快樂」

「我沒有辦法快樂，看到青天白日滿地紅就笑不出來。那代表了威權的色彩，到現在都還死纏爛打著台灣的天空，抬頭就能看見那些紅，那是多少鮮血換來的顏色。掌權者把血跡抹煞得太乾淨，我們不該互相責怪撕裂。我們在努力，讓所有人都可以對這片土地有感覺，沒有感覺也沒關係，等到我們找回國家，在我們自己的土地，播自己的種，總有一天會有自己的感覺。這樣，不論妳想飛去多遠的地方拍照，妳都找得到家。我幫妳開好回家的路。」

「這首其實是寫給妳的，只是我很俗辣，一直不敢給妳聽。」

林渝靜重新收拾行李，不再只是隨意地打包，她把所有物品分門別類地放好。手機被她放在外套的口袋裡。

沙耶在一旁看她整理，什麼也沒有說，菸一根接著一根沒有停。

直到最後一個行李箱的蓋子闔上，林渝靜抬起頭說，「馴鹿要回去了，如果我只顧著拍牠們的家，最後卻找不到自己的家，牠們會笑我吧。」

女人看著她，沒有回應，逕自走上前。彎下腰，上田鞘的額頭抵著林渝靜的額頭。

「妳的勇敢好多，我可以再拿一點嗎？」

她嘴裡的菸味很濃。

沒有等林渝靜回話，沙耶伸手摀住她的眼，唇飛快碰了碰她的額頭。

「さようなら[2]。」

◐

「小心。」

他們手勾著手，走在柏油路上，天很暗，唯一的光源來自他們想要衝撞的府院。一群人，一樣的步伐，好像這樣就能把勇氣無限擴大。

推不倒拒馬就翻過，一個人推，一個人拉，一個一個踏過阻礙。

「過了這裡就到了。」不知道是誰說了一句，疲軟的手腳好像又多了一點力量。來到這裡的過程很漫長，沒有人希望走那麼累的路，但他們還是拚命往前，儘管看不見終點，甚至很多時候看不見自己持續走下去的理由，可是他們沒有停下來過。

對抗那些無法原諒的事，走沒有人想經過的黑夜，似乎變成了他們的天職。

一個，兩個翻過拒馬，然後他們聽見大聲公和哨子的聲音。

「警察來了。」輕輕的一句咒語，能量和恐懼同時被注入。

楊正勳翻過拒馬，回頭一望，他所熟悉的人要不是被拉走，就是已經翻進他看不見的地方。制服與便服混在一起，在黑夜裡沖散了他以為十分緊密的連結。

「快走。」忽然有人拉住他的手，開始跑。

「謝啦。」楊正勳很快就回過神，跟著他一起躲開警察的腳步。

他不認識他，大概是那群年輕人召集來的新面孔。

「你還帶吉他來喔？」男孩問，看著楊正勳因為吉他而不太靈活的身形。

「他們說可能會唱歌啊。」他笑了笑，沒有說歌還是他幾個小時前才改好的。

「嗯，加油啊，希望有機會……」男孩話還沒有說完，兩人身後就傳來哨子的聲音。

「走這邊？」楊正勳看著岔路，沒有太多時間選擇。

「好，其實我也是第一次來。」男孩點頭，跟著他往左拐。

「幹。」

他們撞進的是死巷。

互看了一眼，他們什麼也沒有說。商量誰先逃跑太讓人窒息。

兩人看著步步逼近的警察，緩緩舉起雙手。

但警察沒有停下來，也沒有說話。他還在走，因為疲憊而充滿血絲的眼瞪著他們，像是在尋找一個讓血流動的出口。

「我們沒有武器。」楊正勳吞了一口口水，說。

「你們非法入侵。」他猛然加快腳步，衝向楊正勳，手裡的警棍高高舉起。

能夠思考的時間很短，他本能用手護住頭部。

其實他可以拿吉他反擊，再不濟也能擋住警棍的攻擊，但楊正勳沒有。

他不要讓理想的反噬砸爛夢想。

可是最後他仍然看見了，男孩彎著腰快跑過警察身邊，放在口袋的一小張歌詞紙飄出來，掉在柏油路上，一下子就濕透了。他不知道是因為傍晚的雨，還是剛剛來過的鎮壓水車。

夢即使沒碎，也濕透了。

「欸，警察打人喔。」突然一聲喝斥，很兇惡也很無力。說話的人同樣手無寸鐵。

但兩人發愣的那一秒，已經足夠纖細的身影鑽進暗巷把人拉出來。

大熊一樣的男孩跑在最後，守著林渝靜和踉蹌的楊正勳。

看見岔路，她沒有猶豫，順利選對邊，往大馬路的方向跑去。

哨子和腳步的聲音終於遠離他們，她將人一把塞進計程車裡。

「謝謝你。」林渝靜看著他，還沒有關上車門，她知道大男孩不會進來，但她還想說點什麼，「我……」

「妳跑步超快的！」男孩笑了，搶先開口，「而且好會認路，才第一次來就記得要怎麼走。比阿正強多了。」

她的臉紅了紅，不知道該怎麼接話。她以為她和楊正勳的夥伴一輩子只會在警察局碰頭，他們的直爽總讓她渾身不自在，直接在警察面前大大方方地說著，下次再重新來過吧。

她沒有想過就算是這樣中途逃跑的場面，也是滿滿的笑容。

看她困窘，大男孩的眼神慢慢柔軟下來，「還有，謝謝妳來。」

「阿正唸了妳的名字好久，他說家裡沒人管他，都找不到回家的路了。」

「我們好像很勇敢，敢正面跟比我們強大的人對衝，可是那是因為我們相信背後還會有人撐著。妳來就證明了這一切不是我們的幻想。」

眼淚忽然就這樣掉下來，林渝靜自己也沒有反應過來。

她看著男孩微弱的笑，忽然明白沒有誰生下來特別勇敢，所有勇氣都是一個一個膽小鬼串連而成的。

空了哪一個人的位置都不可以。

她沒有讓楊正勳成為落單的小馴鹿，而他也為她在鹿群裡留了一個位置。

「妳不要哭啦，阿正會以為我欺負妳。」看她掉淚，大男孩慌亂地安慰。

「下次見面你再自己跟他解釋。」林渝靜胡亂擦掉眼淚，笑開，「掰。」

她從來沒有說過一次再見，每一次去警察局，她都希望是最後一次。

但以後或許可以多買幾人份的宵夜了。

林渝靜回頭，就看見楊正勳的笑臉。

「怎麼哭了？」他揉了揉她的頭，沒有問她為什麼在這裡，他的笑好像已經了解她的一切。

她搖頭，咬著嘴唇不敢開口。她怕自己一說話就會忍不住大哭，他的聲音總能直直穿入她心中最柔軟的地方。安了心後才記得要害怕。

「乖啦，沒事了。」他擁她入懷。

林渝靜同樣用力地摟著楊正勳，想把全部的力量都傳遞給他。

滴滴答答，眼淚在肩上濕成一片笑臉。

「就這樣牽了手，一直走一直走，走到我們，都快樂都快樂……」抽抽噎噎，但林渝靜忽然好想唱。

楊正勳順著她的意握緊她的手，跟著她的聲音輕輕和。

直到她五音不全的歌聲結束，楊正勳才說話，「我寫完一直不敢在妳面前唱，連練吉他都不敢彈，妳怎麼聽到的啊？還聽到會唱了。」

「我們吵架的前一天，你去房間講電話，我偷看你的筆電，覺得這首是你社運要用的歌，有點生氣你竟然沒有先給我聽，就傳到自己電腦裡了。」

「偷翻我筆電。」楊正勳彈了彈她的額頭。

「對不起啦。」一點也不痛，林渝靜破涕為笑，「其實在北美那時候，你傳給我的歌詞，我都知道下一句是什麼，只是越看越生氣，覺得你心裡只有你的社運，就算我已經逃到很遠的地方，你還是要逼我接受。」

「可是我還是莫名其妙地一直聽這首歌，我以為是因為這首歌讓我得到北美計畫的名額，呃，我把歌拿來配我的照片集了。」

「後來才知道，是因為……」

「這本來就是給妳的歌。」

他們靠得好近，好像能聽見彼此的心跳。

林渝靜止住的淚忽然又湧了出來，無關他們對話的任何一句，而是心裡的空洞終於不再需要倒流回去的淚填滿，長出小芽，多餘的水分就被排出來了。

她也以為她不會因為這個小島落淚，她害怕她恐慌，但她的情感找不到根基著陸。現在她才釋懷，淚落在沒有根的空洞裡，滴呀滴，也會長出一株小草。

他們一起走了那麼漫長的路，就是為了這株小草，為了這一點快樂。

「妳能喜歡歌，我就真的很快樂了。」她聽見楊正勳輕聲說，像那晚她就要離開時，他哀傷的稱讚一樣發自內心。

然後他吻了她。

把隔閡修補前，他們做不到的事做齊了。

男人的唇抿去她的淚，「愛哭鬼。」

「大概是想家了吧。」她說，看向窗外，熟悉的濕冷的清晨。

天亮了。

「看完醫生去吃永和豆漿吧。」

吃完早餐，他們回到家裡，窩在沙發上。林渝靜慢慢聽著她錯過的那些時光。

說著說著，包著繃帶的人睡著了，但她的時差還沒有調回來，她塞了個抱枕到男人攬著她的臂彎當中，起身去整理行李。

她把合約書和責任感一起丟進房間的最深處，一趟北美，帶回記憶卡與勇氣已經值得。

然後是厚厚的冬衣，那些不久後將會曬滿暖暖的日光，帶有南國的氣味。睡袋、手電筒、盥洗用具……甚至還有幾顆她不知道什麼時候放進行李箱的果實。她有種推開門還能看見冰天雪地的錯覺。

被壓在最底層的是一個空菸盒，她不確定是沙耶特地放進去的，還是不小心落下而已。

女人冰涼的唇印還在她的額上發燙，就像一場夢。

或許是怕林渝靜就這樣夢醒，忘了一切，空菸盒裡藏了一張照片。

她攤開照片，是一張被捲起的拍立得。

那是一棵很普通的樹，在針葉林裡隨便抓都有一大把。

但林渝靜一眼就認出是那天沙耶靠著的樹，樹下或許還有她遺失的手套。

照片裡，堆滿雪的樹枝正在吐出新芽，綠意在白雪中顯得多渺小，可是她能感受到新葉的努力，徬徨躊躕地推開阻礙。

樹的下方寫了一小行英文字。

"You will be a forest."

她知道，她會是森林，就算那時候連芽都還沒發，但上田鞘一眼便看出。

她把照片和昨晚在地上撿到的歌詞紙貼在牆上，並肩，清晨的陽光斜斜灑進來，把所有物品鍍上一層美好的金色。

打了個哈欠，林渝靜走回沙發，睡一覺。

一覺起來，我們都會變成更快樂的人。

1 滅火器，〈海上的人〉。

2「さようなら」：日語「告別、離開」之意。

她看著男孩微弱的笑，
忽然明白沒有誰生下來特別勇敢，
所有勇氣都是一個一個膽小鬼串連而成的。

嫉妒的顏色是綠色

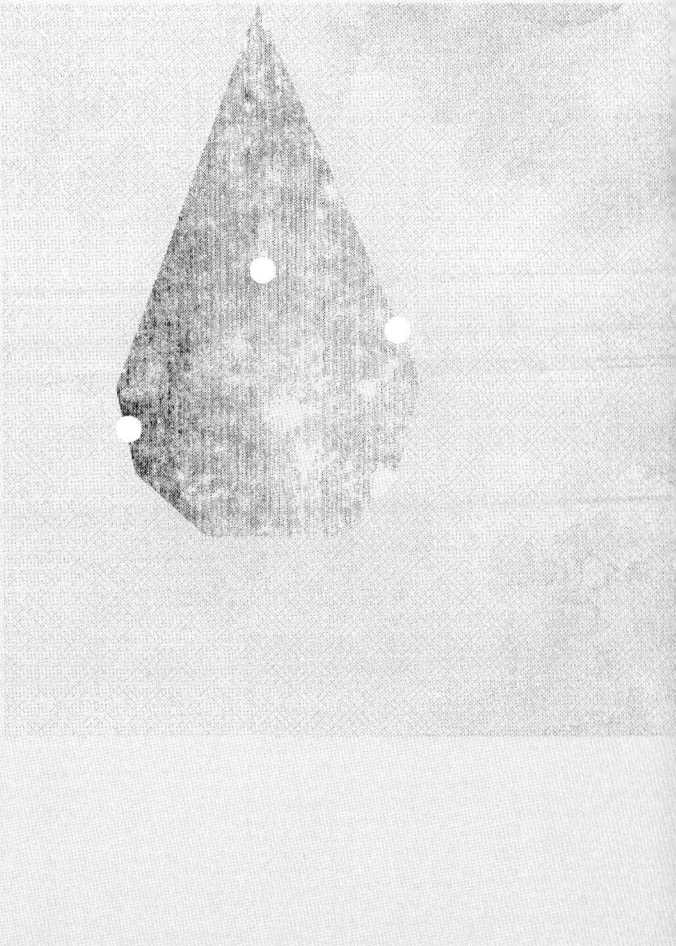

「你知道眼淚是什麼顏色的嗎？」
「綠色的。」
「為什麼？」
「因為你的悲傷在嫉妒你的快樂。」

書寄到的時候摺壞了一角，溫如瑩時常盯著破損看，好像是自己。

原本也該是完好無損的一本，從輸送帶到書店架上最後被塵封進誰的書櫃，沒有懸念地複製所有同伴抵達終點的姿態。他們稱呼那樣是成功。

可是她壞了，在她也未知曉的途中，她甚至無法出聲提醒收下自己的人，直到拆開包裹那一刻他們才共同驚覺，這是一份瑕疵品。

「妹妹，要出門了嗎？」

「喔好。」

是母親的聲音。溫如瑩回過神，打開衣櫃，套上運動內衣和制服，平板無趣的剪裁，卻偏要在亟欲遮掩的胸前塗上紅槓。

大人的世界，優雅和腥羶的界線不容置喙。

「今天也不跟我們一起吃晚餐？」

「嗯。」

「留讀到九點半？」

「嗯。」

「校門口接妳？」

「嗯。」

出門前，公式化確認的三件事情，答案從來不會更動，但母親樂此不疲地重複，好像就能比較靠近她的生活。

「記得去跟爸爸說再見。」

「嗯，爸爸掰掰。」溫如瑩咕噥了一聲。

她綁好鞋帶，側背起豬肝色的書包，裡面放了便當，搖晃的時候會漏出菜汁，另一個後背包裡塞滿空白的講義與課本，她能數出今天會搞砸幾堂考試，但她沒有覺得遺憾。

她已經表現出努力生活的樣子。

「欸溫如瑩，外面有人找妳。」

「我在睡覺。」她趴在桌上，不想要抬頭，儘管聲音其實清醒。

「我跟她說了，她叫我叫妳。」

「妳可以叫她閉嘴嗎？」

林俐穎摸了摸她的頭，「她說兩節數學課夠妳睡飽了。」

「幹。」溫如瑩站起來，想把外套甩到地上，但最後只是揉成一團丟在桌上，

「不要理她，我們去蒸便當。」

「喔對。」林俐穎走回她的座位東翻西找，盡量不與窗邊殷切的眼神對上。

她們並肩走出教室，陳誼雅跟在她們身後。廁所前方有兩個大大的蒸飯箱，打開是撲鼻而來的菜味，天氣熱的時候還會有臭酸味。廁所門口，排隊的人不耐地搧著手中的衛生棉，唰啦唰啦，裡面撕開的聲音此起彼落。

溫如瑩在洗手的時候被抓住，她沒有回頭，任由陳誼雅拉著自己越過排隊的人龍。她看見林俐穎對她揮了揮手，轉身走回教室。

關上無障礙廁所的門，溫如瑩這才發現她們插隊了。

「妳睡飽了嗎？」

溫如瑩咬唇，盯著粉橘色的門。

「看著我。」

「我……」她想要說話，但顫抖的聲音像在示弱，遂又閉上嘴巴。

「妳昨天說妳要睡了，可是沒有掛電話，後來我聽到妳在打字，就跑去找妳會把文發在哪裡。」陳誼雅抓著她的手還沒有放，她將溫如瑩壓在牆邊，聽見自己的心跳聲，「我看到了。」

「嗯，那就是不……」

溫如瑩的唇被她飛快地啄了一下，吃下後半句她來不及說出口的拒絕。

「不要怕，我會保護妳。」陳誼雅說，毫無根據。

溫如瑩很熱，灼燙的感覺從耳根一點一點蔓延，最後聚積在眼眶。

她下意識要咬唇，但想起那裡有陳誼雅的味道。

「走開。」溫如瑩輕輕一推，握著她的手就鬆開了，她背對陳誼雅走出去，眼淚瞬間滑落。沒有人看她，上課鐘聲已經響了，排隊人潮卻還沒有散去。

我怕我喜歡上女生。從廁所走回教室的路上，溫如瑩不斷在心中告訴陳誼雅，她怕的是自己。

從前還沒有進女校，對這裡有千萬種詭譎的臆測。磚紅色的校門口，好像是用所有女子的心機著色。

但溫如瑩後來發現沒有，她反而學會如何在眾人面前脫褲子、換上衣，不拉窗簾也可以坦然地討論彼此胸罩的顏色。她開始以為自己已經破除了對女校的恐懼想像。她不知道自己會喜歡上女生。

她對自己一無所知。

陳誼雅從來沒有隱藏對她的好感。溫如瑩很快就感覺得出來，那些笑鬧之間不經意地勾肩搭背，與陳誼雅對其他人的有所不同。

她知道陳誼雅也會抱其他人，偷親她們臉頰，逗她們笑著撲進自己懷裡，要她們坐在自己腿上，雙手從背後環繞住她們。

但那不一樣，只有她知道陳誼雅的手會發燙。

溫如瑩不想承認她其實很得意。

她們越來越頻繁地通電話，但有時候她們什麼都不說，只是聽著電話那頭彼此的呼吸聲。溫如瑩總是在一陣恍神後，才發現面前打開的數學講義上寫滿了陳誼雅的名字。

昨天晚上，陳誼雅告訴她，喜歡。

溫如瑩才突然明白，說出來就成真的道理。

然後她開始害怕。

溫如瑩打開手機的通訊錄，來回翻了好多遍，卻找不到一個號碼撥出去。看著前男友的號碼，她奮力回想面目模糊的人是怎麼與她開始的。沒有人特意教她怎麼說好，她便自然而然地接受男孩的邀請。牽手、擁抱、談心、爭吵，她模仿她看過的電視劇與身旁的範本，面對同學調侃的時候臉紅，母親追問的時候否認卻留點曖昧的空間，駕輕就熟。

她想起母親現在總會打趣道，讀女校很安全，忽然覺得反胃。

滑著手機，重複發文再刪除，她覺得沒有說出來會爆炸，但她又覺得被別人發現才會爆炸。

最後她做了一個夢，夢裡陳誼雅拉著她的手奔跑，她說她們是魚，陸地不適合她們。她們決絕又快樂地跑過鬧市，跑向海岸，然後她看見陳誼雅一躍而下，而她卻一頭撞在透明的海岸線，像是誤闖九又四分之三月台的麻瓜。

一整晚，溫如瑩重複做著這個夢。

她知道這是夢，但每一次撞上還是一樣疼痛。

可是她捨不得停下來。所以她很害怕。

放學鐘響，她們終於從小小的課桌椅之間解脫，迎向更狹窄的學校圖書館。

「溫如瑩，學姐又在外面了。」

「喔好。」

「妳們，」林俐穎欲言又止，「不要吵架。」

沉默的瞬間，溫如瑩以為自己會全軍覆沒。

她看著林俐穎誠摯的眼，忽然好想怪罪她，為什麼不要說破，這樣她才能夠否認。但她只是聳了聳肩，和她道別後走出教室。

溫如瑩走得很快，陳誼雅跟在她的身後，一起把紅書包放在圖書館占位置。

她們並肩走出校門口，最後溫如瑩還是妥協，「晚餐要吃什麼？」

「去看海好不好？」陳誼雅問。

她沒有回應，她不知道學校附近哪裡有海，她突然想起那個夢，可是她仍然想盲目地跟著陳誼雅。儘管這一路好像都是陳誼雅哄著她讓著她，但無法自拔地跟從才是最危險的，她們都明白，所以陳誼雅才是無堅不摧的那一個。

她們穿越車水馬龍，越走越安靜，那是一個無人的觀景處。她們坐在長椅上，對側是夕陽與港灣，餘暉是橘色的，灰色的天空和灰色的海水，上下夾殺，蠶食鯨吞最後一抹溫暖。

天色完全暗去以後，天與海再沒有分界，船的輪廓也融化了，遠遠看去，只剩下模糊的光點，緩慢漂浮在她們以外的世界。

溫如瑩看著其中一個光點，看著，它就和其他光點混在一起了。她沒有恍神，甚至沒有分神思考任何其他的事。她知道自己很專注，她也知道她的光點獨一無二，但她就是跟丟了。

她忽然明白，陳誼雅看她，大抵也是如此。

「妳不會怕嗎？」溫如瑩問她。

「怕完了。」陳誼雅點頭，隨即笑了，「剛認識妳的時候，我每天都在想妳，妳真的很可怕。」

「白癡。」溫如瑩有點生氣，「現在不想了嗎？」

「因為妳在這裡了。」陳誼雅抱住她，將頭埋在她的肩頸。

「溫，妳也是我第一個喜歡的女生喔。」

陳誼雅的睫毛搧過她的動脈，像是被掐住一般，溫如瑩覺得自己快要呼吸不到空氣。

「妳有交過男朋友嗎？」她艱難地問。

「沒有。」

溫如瑩看見她在海岸線上放了一塊透明的磚。

「那我贏妳一點。」

「不准。」陳誼雅抬起頭，咬了一下她的嘴唇。

溫如瑩用力將她摟進自己的懷裡，她抱著她，感受陳誼雅用生澀的唇，一點一點鑽探她的唇。

下腹一陣緊縮，她喜歡這樣初熟的滋味。她耗費在別人身上，如今得回來。然後她們就一起把青春用罄。

下雨的時候，傾盆打在連接走廊的頂蓋上，淅瀝嘩啦，跑過好像自己踩出滿地的水花，卻一身乾爽。她們會待在最後一棟的頂樓吃午餐，溫如瑩不喜歡的魚最後全在陳誼雅的便當裡。

出太陽的時候，她們會在連接走廊上旋轉，尋覓適合接吻的地方。溫如瑩喜歡角落，陳誼雅喜歡陽光，最後她們會躺在柱子後面一方小小的溫暖裡睡著。午休結束的鈴響是灰姑娘的鐘聲，但她們有日復一日的舞會。和這間學校裡的其他女孩一樣，每一個轉角都可能是盛宴，是公主與公主深情相吻，從此破除魔咒的聖地。

城堡外面的世界，溫如瑩不想了解，即使留著長髮，她也只能心甘情願困在高塔裡。這樣比較安全。

段考的日子，溫如瑩才會待在教室。陳誼雅的日子則沒有段考，只有大考。

「溫如瑩，今天放學要不要出去？」

「不可以拒絕，妳再留讀都可以考上台大醫科了。」

「我要沒收妳的書。」

此起彼落的轟炸，溫如瑩將最後一科考卷塞進書包裡。

她沒有說，每天放學的留讀時光都在港邊。她躺在陳誼雅的腳上，聽她就著昏黃的路燈背單字，溫如瑩會看著她的側臉直到困倦，大多時候她不會睡著，陳誼雅太美，她總是看得入神。

「要去哪裡？」她拿出手機，傳訊息告訴母親她會在學校讀書到九點半。

「喝酒！」有人興奮地喊。

今晚陳誼雅終於可以在圖書館好好讀書。溫如瑩有些不快。

「誰買？」

「妳啊，長得夠老。」

「靠北。」

她們打鬧著走出校門口時，迎面而來的是吃完晚餐準備回到圖書館的考生們。擦肩而過的瞬間，她第一次感覺到紅槓之間的差距，三條與兩條，在此刻走往不同的方向。

草皮上散落一些空的啤酒罐，面帶潮紅的女孩靠在一團，指著廣告看板上的豪宅，嚷嚷著以後要嫁給醫生，住在裡面。

溫如瑩沒有喝酒，她吸著可樂，好維持自己謊稱的讀書計畫。

「溫溫，妳最近中午為什麼都不在教室啊？」突然有人問，溫如瑩下意識轉頭看向林俐穎，但她沒有吭聲。

「我在外面吃飯啊。」她咬住吸管，故作輕鬆。

「是跟學姐嗎？」

溫如瑩清楚感覺到，空氣為了這一句話凝滯，所有人同時屏氣凝神是比沉默更小心翼翼的凌遲，她們都同意這個問題。

「對啊。」

「妳們會在一起嗎？」

「沒有啊，就是朋友。」

不假思索，溫如瑩說，否定的同時已經後悔。手中的可樂已經被自己搗熱，所以氣泡才逃得一乾二淨。或者從打開瓶蓋的那一刻起，氣泡就爭先恐後地離開。

輕輕敲響鐵鋁罐，心照不宣地達成共識，她們遂成為祕密。當一個人不願意說話，女孩們便會貼心地讓它變成祕密，再也說不出口。

「我要先回去學校了。」溫如瑩站起身，將可樂罐捏扁。母親快來了，她是這樣和她們說的。

轉過身溫如瑩開始哭，她沒有難過，只是害怕，像是在遊樂園走失的小孩，所有歡快在不安的陰影籠罩下變得邪惡。她知道那是善意，她們也會逼問林俐穎什麼時候才要和學長在一起。可是這兩者一樣嗎？她忍不住臆測。

她走回圖書館收拾書包，陳誼雅坐在她的位置旁邊，她拉住溫如瑩胡亂把書塞進書包的手。

溫如瑩聽見陳誼雅輕輕地笑了，很小聲，忍不住用氣音笑出聲音的那一種。陳誼雅放下數學考卷，拉著她從圖書館的後門出去。滴滴答答，溫如瑩又開始哭起來。

晚上的學校很暗，沒有燈的地方比較多。所有樓梯都被鐵門封住，她們坐在臺階上，陳誼雅聽著她哭。

「是不是都不會有人問妳這種問題。」

「對啊，可能我長得太帥，她們會自己幫我決定，我女朋友應該要很漂亮。」

「好好喔。」溫如瑩說，隨即被自己的話燙傷。

她伸手，撫過陳誼雅剃過的髮根，像剛剪完毛的大狗。她不應該羨慕她不會熱，在享受涼爽之前必須先熬過更冷的冬天。

陳誼雅摸了摸她的頭，用食指沾了她眼角的水痕，「妳知道眼淚是什麼顏色的嗎？」

溫如瑩搖頭，一片漆黑中，她只看得見陳誼雅在笑。

「綠色的。」

「為什麼？」

「因為妳的悲傷在嫉妒妳的快樂。」

溫如瑩來不及問她什麼意思，陳誼雅便欺身吻了上去，她舔著她的眼淚，發出滿足的喟嘆。

◐

之後的每一日中午，溫如瑩仍然沒有在教室度過。說過的事，就不會再說破了。

「我下禮拜要成發。」

「我要模擬考。」

「喔，我又沒有叫妳來看。」

「妳要成發怎麼都不用練習？」

「妳要學測怎麼都不用念書？」

「幹。」陳誼雅跳起來，咬了溫如瑩的耳垂一口，「不要說這種話，妳會有報應。」

「妳捨得喔。」

「捨不得。」陳誼雅遂又輕輕舔了她，將她扣進自己懷裡。

「那妳要好好把握現在。我這禮拜都要練團，六日要開會，之後就要排舞跟練舞了。」

「哈囉？我以為妳是熱音的？」

「學姐，我要大露營了。」

溫如瑩躺在她的大腿上，即使不看陳誼雅的表情，也知道她不開心。

「為什麼妳要排舞？」

「能者多勞。」

「妳的舞伴是男的還是妳們班同學？」

「不是都一樣嗎？」溫如瑩打趣道，都一樣。

「溫如瑩。」

「男的。」溫如瑩翻身鑽進她的懷裡，隔著一層衣物，她仍然能感受到陳誼雅的肌膚因為她的靠近而瑟縮。

「我們班的女生比對班的雄中男生少，不能不抽舞伴，而且如果只有我一個人不抽舞伴，那我要跟誰跳？」

「不要弄我，很癢。」

「不要生氣嘛。」她用鼻頭輕輕磨蹭著她的腰，「妳要不要跟我睡覺？」

陳誼雅倒吸了一口氣，溫如瑩忍不住笑出來，她感覺到自己磨蹭的腰腹一瞬間變得緊繃。

「我爸媽之後要出國，可是沒有要帶我去。那時候我哥還在台中。」

「我問我媽可不可以叫同學回家陪我住，她說好。」

「妳媽也太放心了。」

「這樣才好呀。」溫如瑩的手伸進她的衣服，冰得陳誼雅瞬間罵出髒話。她揉捏著她的腰，極力克制往下探險的慾望，那裡應該更溫暖。

午休結束的鈴響了。

溫如瑩抽回手，貪婪地放在鼻尖。

「妳好香。」

陳誼雅彈了一下她的額頭，將她的手抓回來，用力吸了一口，「妳也是。」

臨走前，溫如瑩附在她耳邊小聲地說，隨即跑走。

「學姐，在家才不會冷。」

周末是成發，下一周是模擬考。

溫如瑩打開手機的時候，看見陳誼雅傳來幾則訊息，她是在不同時間點傳來的，每一則訊息都控制在幾行以內，但溫如瑩看得出她的焦慮。正是因為焦慮，才忍不住說話的慾望，卻又怕說過頭會洩漏太多不安，讓溫如瑩一起焦慮。

溫如瑩看出了陳誼雅的小心翼翼，卻錯過她每一次呼救的瞬間。

她盯著手機，想要回覆，腦袋卻組織不出一句完整的話，只有剛才練團時改了又改的鼓點。

手機猛地震動，是陳誼雅的電話。溫如瑩記得她最後看見的訊息是問句。陳誼雅問她怎麼辦，是無法回答的那一種問題。

溫如瑩想起陳誼雅寫著數學忽然就無聲掉下一串眼淚的畫面。

她手一抖，便把陳誼雅的電話掛了。她們都在不斷充氣的狀態，任何字句都會將她們戳破，而她們沒有力氣收拾殘局。

但溫如瑩卻能更輕易地想起她。她無力拯救陳誼雅，只能用深切的想念說服自己，她們還被緊緊地綁在一起。

「欸，我現在說要加歌是不是有病？」溫如瑩放下手機，和身旁的夥伴說。

「嗯。」她們癱軟在練團室的地板上，侯柔玟沒有把這句話當真，「午餐要吃什麼？」

「我好想唱這首。」

「妳想要自己唱嗎？」主唱的眼睛突然亮了，放下手機跑到溫如瑩身邊。

「我想啦，可是如果流程塞不下就算了，我最近每天都想到這首歌，連大便的時候都會不由自主開始唱，超煩，我覺得我應該要把它傳染給別人。」

「如果你要自己唱我們就都不用加練了！」

侯柔玟抬起頭，看了興奮的主唱和迂迴的溫如瑩一眼，「妳要告白喔？」

「幹。」溫如瑩想要反駁，卻被侯柔玟打斷。

「給我譜，我幫妳彈，我覺得妳自彈自唱會很難聽。」

「如果溫溫要告白，自己彈比較浪漫吧。」

「妳說有一種小張懸在告白的感覺嗎？」

「臉不行吧，張懸那麼正。」

七嘴八舌，一群人又恢復力氣，開始討論如何幫溫如瑩製造氣氛。

溫如瑩的聲音淹沒在她們之中，最後她們甚至說起買花和巧克力。

「那我打電話跟雄中那邊說要加囉。」主唱站起身，拍了拍屁股，興致勃勃地走出練團室。

溫如瑩連道謝都來不及。

她低頭想了想，和身邊的人說，不想被其他人發現，「侯柔玟，我不知道她會不會來。」

「妳給他票啊，強烈暗示他來看妳。」

「我給了，可是她要模擬考，而且她好累。」

「那就看他要不要給妳驚喜囉。」侯柔玟拍了拍她的肩膀，「成發那天妳會緊張到忘記這些小事啦，畢竟妳唱歌的時候學姐都在台下納悶，為什麼我們的吉他手要 solo？」

「而且還唱得那麼難聽，幹。」溫如瑩說，然後忍不住自己笑了。

好想唱一首給她的歌，即使她不一定會聽到。她剩下的也只有音樂了。

溫如瑩不是第一次站在成發的舞台上，前幾天彩排的時候她甚至還躺在台上睡覺。

這一切好像已經稀鬆平常，溫如瑩撥下最後一個和弦，想著下一首歌的拍子。已經彈了幾首歌，現在說不上緊張，就是全身發燙，或許聚光燈一打在她的身上，她就會融化。

舞台下一片人影，她總是很難辨認出是誰在為她歡呼，表演後她時常被問，有沒有聽見她們喊她什麼，溫如瑩很黑很醜或是腿好短。

在她眼中，那些鼓譟是浪，洶湧地奔騰，她無法留住任何一朵浪花，但她知道，岸是浪拍打出來的。所以她才能站在那之上。

每一次她都試著更用力地尋找她的浪。儘管燈光只打在舞台上，她仍然想從一片漆黑中望見因為她而笑的人。

「我們的最後一首歌，只有兩把吉他。」拿著麥克風的女孩說，一旁其他人默默退開，搬上兩把高腳椅和木吉他。

「一起等地球爆炸吧。」

她把麥克風架放在溫如瑩面前。

等晴天，等雨天，等不及和妳見面，等每一個大冒險

登不上太空船，那就等地球爆炸，死在同一個地方

反正妳就在身旁[1]

溫如瑩睜開眼睛的時候覺得自己也爆炸了。

她看見陳誼雅站在最後面，靠近樓梯口的地方，她一手插在口袋裡，一手拿著手機，鏡頭對著舞台。

這是上半場的最後一首歌。她找過她，在每一個沒有自己和弦的間奏，在主持人串場的空檔，在舞台上，或從後台的縫隙偷看，她很努力地確認最重要的那朵浪花。

她卻在她一睜開眼睛的距離。

陳誼雅對著她笑了。

「這首歌是要送給如瑩喜歡的人，妳有什麼話要跟他說嗎？」麥克風被侯柔玟拿起，她輕聲說了兩句，再把它遞給溫如瑩。

那一瞬間，溫如瑩忘記她們在練團室討論好的深情告白，也忘記她一次一次對著鏡子練習的微笑，她甚至忘了她在哪裡，一片黑暗中，她是光點，但她眼中的光點卻是台下的女孩。

她看著陳誼雅，忽然就脫口而出。

「我想妳了。」

她果然是要想她的。除卻那天中場休息，溫如瑩溜下台和陳誼雅拍了一張照，她們就再也沒有好好見面了。每一次匆匆跑過陳誼雅身邊，和她說晚點見的時候，溫如瑩都不敢看她的眼睛。她怕在她眼中看到大考倒數的日曆和控訴。

好幾個星期，溫如瑩都在雄女和雄中之間來回跑。

雄中雄女聯合大露營辦在春暖花開的前哨，女孩和男孩抽了對應的班級，再從中抽出舞伴，在冬季的尾巴遇見新的人，好在春天決定是否綻放。

她在其中周旋，安排不熟悉的兩群人見面，認識彼此，練習要在露營晚會上表演的舞蹈，練習把手放在陌生人手上，再笑得禮貌又不失羞澀。

這是溫如瑩第一次為了跳一支舞，明目張膽地練習牽手。或許也是很多人的第一次，讓牽手變成一件刻意的事。

然後發現這一切並不會讓人難以接受，只是更加想念從前自然的溫存。

「妳要怎麼回家？」

「捷運，你呢？」

「我也是，我往小港。」

溫如瑩點頭，和周洋一起走出校門口，左轉走上長長的人行道。晚上八點，路燈將他們的影子拉長。

「妳要回家吃飯嗎？」

「嗯，我沒錢了。」

「抱歉啦，每次都讓妳來雄中。」

「不來雄中我也要坐車回家，都一樣貴。」溫如瑩聳肩，但其實留讀到晚上，母親會開車來學校接她，而她現在正要搭捷運回去學校，好讓母親可以在九點半時載她回家。

她頓了頓，將一樣的問題拋還給周洋，「你也要回家吃嗎？」

「沒吧，我跟妳走去捷運站之後再去吃麥當勞。」

「你喜歡吃麥當勞？」

「還好，我也不知道要吃什麼。」

「我討厭吃麥當勞，我比較喜歡肯德基。」

「那一起去吃肯德基？」

溫如瑩看了他一眼，佩服他的直勇。她想到今天只有他們兩人在雄中，一遍一遍配著音樂想舞步，忽然就對最後只能自己吃麥當勞的身影感到有些憐憫，如果是她，也不想一個人吧。

而她如果就這樣走了，甚至連麥當勞都沒得吃，家裡其實沒有晚餐。

「可是有人在等我。」她笑了一下，和他在捷運站道別。

周洋是對班的大露營負責人，他們兩人俗稱中隊長，負責的項目包羅萬象，溫如瑩也不知道當初哪來的衝勁就把自己名字填上了，現在倒也沒有多麼後悔，她已經忙碌到沒有時間後悔。

搭捷運回到學校的途中，她站在車廂裡睡著了好幾次，她最近才發現原來自己可以在任何時候睡著。

圖書館裡面坐滿了人，她總是強撐著不要睡著，好讓自己不那麼格格不入，尤其是坐在陳誼雅身邊，她不想打壞她讀書的鬥志。

陳誼雅面前放著數學考卷和答案，溫如瑩不小心瞥見成績，感覺空蕩的胃有些瑟縮。

她還來不及發話，就先被責難。

「妳為什麼現在才回來？」

「後天一定要把舞排好，所以今天弄比較久。」

「妳知不知道我在等妳？」

「我知道，我回來了。」

「我知道妳去哪裡，我知道妳一定會回來，可是我不知道是什麼時候，每一次有人走進圖書館，我就會抬頭。我知道不是妳的問題，可是妳真的知道什麼是等嗎？」陳誼雅還拿著紅筆，溫如瑩看見筆尖在輕輕顫抖，她甚至還沒有坐下。

溫如瑩不想吵架，她不想連吵架都要用氣音。

「我去廁所。」她說，把書包丟在椅子上。對桌的人抬頭看了她們一眼。

「對不起。」

「我知道不是妳的問題，真的。」溫如瑩背過身，用手摀住了眼睛。她沒有哭，只是太疲憊。

她不忍心看見迫近的大考倒數，一點一點壓碎陳誼雅。

那時候還能拉著她去看海，陪她坐在夜裡哭，甚至撥空聽她唱一首歌的女孩，正在被大考吞噬。她只能在她身邊，目睹她連哀號都不被准許發出聲音，因為她坐在圖書館裡。

站在一片漆黑中看燈火通明的圖書館，溫如瑩感到有些反胃，儘管她什麼都沒有吃。

手機忽然響起，是溫如瑩沒有輸入的號碼。

「我是周洋。」

「怎麼了？」

「妳的音響沒有拿，我明天帶去給妳。」

「好，謝謝。」

「妳還好嗎？」

溫如瑩愣了愣，慢慢感覺到自己臉上一片冰涼。

「沒事，明天見。」她說完，匆忙掛上電話。

她突然想起自己和陳誼雅開過玩笑，她說不管舞伴是男是女都一樣，她怎麼可以。蹲在操場上，溫如瑩抱住自己的膝蓋，痛哭失聲。

隔天，溫如瑩帶著浮腫的眼皮在課堂上補眠。

「溫如瑩，我要去廁所。」

「好啦。」

她們拖著需要更多睡眠的身體，把短暫的下課攤平，滿足最無用的需求。

溫如瑩和侯柔玟並肩走在走廊上。

「那天結束，曉雯學姐問我妳在跟誰說話。」

「什麼？」溫如瑩還沒有清醒，前一節數學課的餘威太強悍。

「後來我聽到誼雅學姐的手機鈴聲，是妳唱的歌。」

「妳不覺得這樣不太好嗎？」

「侯柔玟？」她轉過頭，看著她的朋友，她的吉他手，說要幫她告白的人。

「這件事我想了很久，還是決定要親自跟妳說。妳有沒有想過，妳跟學姐那麼好，大家會怎麼看妳？」

「我不能跟學姐好嗎？」

「妳明明就知道我在說什麼，我不是說妳們不能當朋友。」侯柔玟看起來真心實意地為她擔心，「可是妳們也要有點分寸吧，成發的中場休息，妳跟誼雅學姐靠得那麼近，都快要親到了，學姐跟學妹都會看到。」

溫如瑩勉強聳了聳肩，假裝不在乎，「這是我的人生，她們管不到那麼多。」

「那我呢？我也不能管妳嗎？」

她差點笑出聲音，她不知道侯柔玟憑什麼突然對她說教，她甚至懷疑這是她在數學課做的一個夢，她還沒有醒來。

「妳幹嘛要為我的人生負責？」

「我是社長啊，溫如瑩，妳知道學姐們看到妳這樣，就會怪我怎麼沒有把妳管好嗎？」

溫如瑩很想問侯柔玟，她做錯了什麼，但她知道，侯柔玟會細數她的美好，把那些貶得一文不值。所以她不敢開口，怕聽了就會相信。

「有學姐跟妳說了什麼嗎？」

「是還沒有啦，可是只是早晚的問題吧，我真的覺得這樣……」侯柔玟頓了一下，話鋒一轉，「我以為品筑那天問妳中午都在幹嘛，妳就應該知道要收斂一點了。我們是為妳好，妳如果沒有要跟誼雅學姐搞在一起，就不要讓別人誤會。」

侯柔玟看了她一眼，放緩語氣，「妳還有很多選擇啊。」

溫如瑩低頭，隨口應了一聲，她們終於走到廁所。

時光錯置的荒謬感讓她覺得好冷。她身邊就能看見陽光，但她站在陰影裡。從前她不懂，為什麼還需要同志大遊行，明明路上就能看見成對的男孩或女孩，在她的世界裡，女孩與女孩的親吻，甚至比男孩與女孩還要頻繁。

她以為這個世界足夠友善了。

可是現在溫如瑩才明白，冷熱是體感，站在外面觀望，看起來陽光普照的彩虹，其實摸起來都是冰冷，刺得她不斷瑟縮，失守她以為最安全的地盤。

她與侯柔玟，她們曾經抱在一起睡過好多個夜晚。暑訓、迎新、寒訓，溫如瑩以為自己只是還沒有找到時機分享快樂。她小心翼翼收藏的糖果，原來對侯柔玟來說，一直都是撒在路邊的粗糖，劣質又刺眼，糊得她睜不開眼睛。

侯柔玟洗完手，走出來，「走吧。」

溫如瑩對她笑了笑，就算揭過一切，「妳有寫數學講義嗎？」

「沒有啊，我連課本都是空白的。」

「讚。」

她們再次並肩，走回去的身影卻是分開的。侯柔玟不會知道，溫如瑩暗自下定決心，從此世界就是斷裂的了。

溫如瑩現在打開手機都是為了和周洋約時間排舞，她甚至沒有時間看一眼班級群組，她無力知道明天還有多少她沒有準備的考試。

每天回到家，洗澡是最大的挑戰，她總是站在蓮蓬頭底下睡著，驚醒的時候泡沫已經從頭頂流到下巴。

進到房間一打開講義，她就趴在桌上睡著，醒來的時候手機通常閃著陳誼雅的未接來電，但已經不是她可以任意回電的時候。

那時候還醒著的朋友只剩下周洋，和她一樣不小心睡到半夜，四顧茫然，非得說一點話才能確定是在夢中還是現實。

她偶爾會打電話給他，飛快繼續他們道別前未完的討論，說完話以後，他們會陷入一陣疲憊的沉默，最後電話會結束在其中一人睡著的呼吸聲。通常是周洋，溫如瑩從陳誼雅那裡學會如何辨認睡著與否，她感受不到愧疚，好多時候她是想著陳誼雅，然後撥給周洋。

溫如瑩知道陳誼雅無心支撐她，她應該比自己破碎上千倍，她已經長到必須為未來負責的年紀，但那也不過比她大上一歲。

她們都好累，她有時候甚至不敢走進圖書館，溫如瑩看過太多次，陳誼雅的數學考卷炸出一圈圈的淚漬。她其實不敢看，她好難過，陳誼雅是那麼自信的女孩。她更怕看見的是一年後的自己，困在書堆中，連哭都不能出聲。

逃走不道德，可是相較之下，她的煩惱就像是笑話。

最後一次排舞，下次見面就要把舞教給大家了。收工的時間比往常更晚，溫如瑩不甚在意，她打了個哈欠，累到沒有餘力溫柔。

周洋還有，而且鍥而不捨。

「昨天打給妳，妳在哭嗎？」
「沒有。」
「那妳要不要吃肯德基？」
「不要，我要回去了。」
「如瑩，我們是夥伴吧？」周洋突然拉住她，喊出讓她錯愕的口號。
「嗯，可是吃飯的時候也可以拆夥吧。」她試著打圓場，不讓氣氛太慎重。
「心情不好的話，吃蛋塔很有用，我媽有時候會叫我買回去給她吃。」周洋搔了搔頭，看起來有些苦惱，「我不知道啦，妳看起來有心事，不用跟我說也沒關係，我只是想說，要不要吃蛋塔？」
溫如瑩看著實誠的男孩，忍不住笑了。
「如果你是說你姐喜歡吃蛋塔，我會比較開心。」
「其實我也滿喜歡吃蛋塔的。」周洋也笑了。
「走吧。」他們在抵達捷運站之前轉了彎，走向周洋心心念念的肯德基。
他們坐在落地窗前，視線正對著騎樓上來來往往的行人，不必和身旁的人大眼瞪小眼。溫如瑩覺得周洋不像外表看起來那麼粗線條。

「我媽覺得我都沒有在讀書。」她在吃到第二個蛋塔的時候開口，她總共點了四個，當作晚餐一起解決。

「我媽也是啊，我都跟她說高二還不用讀書。」

「其實我練完舞會回學校，九點半我媽會來接我，她以為我從放學就一直留在學校讀書了。」

「靠北，那她還覺得妳沒有在讀書？」周洋差一點就噴出可樂。

「她覺得我成績還是很爛。」

「妳媽想要妳讀什麼啊？」

溫如瑩注意到周洋是說母親想要，不是她自己。

「法律吧，我讀社會組她已經很不開心了。」她咬了一口蛋塔，「你媽呢？」

「醫科吧，三類就是要當醫生啊。」

「那你媽還讓你當熱舞的幹部喔？」

「不讓啊，所以我騙她我退幹了。」周洋笑著問她，「妳也退幹了嗎？」

「沒有，我跟她說我在合唱社當鋼琴伴奏。我媽還可以接受，這樣才不會浪費她從小就替我交給鋼琴老師的學費。」

他們心照不宣地笑了一下。坐在速食店裡，他們好像還有大把的青春可以揮霍，然而他們都清楚，很快他們便會後悔自己沒有真的在這時候就坐在圖書館裡，但也會後悔，他們沒有在該浪費的時候盡情浪費。

這些焦慮，溫如瑩不可能對真正困在圖書館裡的人說。

「叮咚。」肯德基的門被推開，緊接著就是一串髒話。

「周洋，偷偷來喔！」

「幹，練舞怎麼練到肯德基來了？啊不是說晚上還要回來打球？」

「太會了吧。」

周洋動了一下身體，想遮住溫如瑩，不讓她出現在鏡頭裡。他沒有回應，豎起兩根中指，笑得一臉燦爛。

「早知道也當中隊長了，好爽。」

周洋拉著溫如瑩走出肯德基時，還聽到排隊的人在咕噥。

他看起來更困擾了一些，「對不起啦，我朋友比較興奮。」

「沒關係啦，蛋塔很好吃。」溫如瑩笑著表示不介意。

他們很快就走到捷運站。

溫如瑩搭著捷運，第一次沒有在回到學校的路上睡著。她收到了幾個朋友傳給她的同一張照片還有調侃，有一些是來自社群網站的截圖，有一些是從周洋社團群組裡傳出來的。照片裡面他們並肩坐著，周洋擋住一半的她，笑得靦腆，而她假意專心致志地咬著蛋塔，其實偷偷瞥了那群笑鬧的人一眼。

他們只是坐在一起吃蛋塔，但連路過的人，都可以對他們起鬨。

她和陳誼雅，明明就在校園的每一處接過吻，她身邊親近的人卻假裝她們只是太熟稔的朋友。

溫如瑩拿出手機，按了通訊錄上第一個號碼。

「喂，林俐穎，妳在圖書館嗎？」

「嗯。」她聽到她用氣音說。

「可以幫我把紅書包拿出來嗎？我放在陳誼雅旁邊，我在校門口等妳。」

她說完迅速掛上電話，不敢等林俐穎問她，該怎麼和陳誼雅解釋。

溫如瑩沒有辦法看見陳誼雅，此時此刻不可以，她無法阻止自己比較眼前的人和稍早的人。

「溫如瑩。」她抬頭，看見自己的書包和陳誼雅。

「謝謝。」她連嘴角都扯不動。

溫如瑩想像得到林俐穎手足無措，拗不過陳誼雅又不想出賣自己，只能站在遠處乾著急。

她們之間一陣沉默，最後是陳誼雅先開口。

「今天乾脆不回來了嗎？」

「今天排比較晚。」溫如瑩其實不想解釋，但她太想哭了，她必須說話，提醒自己，受傷的人是陳誼雅。

「你們排舞排到多晚？還有時間再去吃點東西？你們還有什麼想做但來不及在九點半以前做的嗎？」

溫如瑩盯著陳誼雅的大腿，她喜歡躺在那上面，將頭埋進她的懷裡，好像全世界就只剩下這個女孩。

「我喜歡妳，陳誼雅，我喜歡的是妳。」

「可是我只喜歡女的，妳呢？」

「溫如瑩，妳呢？」

世界又被撕開，一邊是女生和女生，一邊是女生和男生，她在中間的夾縫，她是被錯過的人。

「他是男的，就夠我輸一百次了。溫如瑩，我怕死了，我沒有退路了，妳有，妳他媽有，我可以去哪裡？妳告訴我，我可以去哪裡？」

陳誼雅哭了，她的眼淚掉在溫如瑩的紅書包上，把紅色染得更深，一小片的乾涸暗沉，像是初經人事。

溫如瑩恍然覺得她的血與陳誼雅的淚分不開了。

她還是沒有說話，陳誼雅轉身就要走。溫如瑩拉住了她。

「妳媽快來了吧。」陳誼雅冷笑一聲。

溫如瑩被燙得連連後退，那是反射，未經思考。

她想，她放開的瞬間，陳誼雅一定很失望，失望得近乎恨。她能在無人的角落撫摸陳誼雅，數次撩撥她的內褲，可是她連母親的影子都沒有看見，就嚇得把手放開了。

她恨這個世界，恨那些可以恣意把頭髮剪短剃掉的女孩，恨她們能如此理所當然地把自己歸類在懦弱，恨自己真的懦弱。

◐

母親不知道她試過自慰。女孩是沒有情慾的百合花，供養在花瓶裡，需要用國英數自社澆灌，輔佐一些鋼琴繪畫和芭蕾，但不能太多，萬一變成專長就不好處理，她需要的只是附庸風雅的興趣。

溫如瑩試過，但沒有成功，她不知道怎麼讓自己開心。她遍尋下體，找不到入口。她發現這件事時，笑得眼淚流了一地。

後來她便放棄了，她知道這樣很可笑，但她別無他法。國中的健康教育課，總是在團練室度過，她讀的是音樂班，管弦齊奏，沒有人需要自慰。

溫如瑩和陳誼雅是在廁所認識的。

那時候她在自殘，還沒學會自慰。

陳誼雅推開門的時候，溫如瑩嚇得劃下第一刀，很深，她們兩人都聽見金屬割破皮肉的聲響。

「呃，不好意思，妳沒鎖門。」陳誼雅尷尬地笑了一下。

「喔，我可能太趕了。」溫如瑩點頭，接受這個道歉。她的餘光瞄到自己滲出血珠的小臂，忽然覺得有些噁心，她還沒感受到疼痛。美工刀的割痕有深有淺，深的地方會有爭先恐後出走的血珠，淺的地方則是緩緩滲出的血絲。

「妳要不要把手放在馬桶上面，這樣等一下直接把血沖掉就好，比較好清。」陳誼雅看著她，沒有離開。

「好，謝謝。」盯著血珠，溫如瑩幾近喃喃自語，「我有時候很好奇血是什麼味道，但我不想吃。」

「我覺得是綠色的。」

「為什麼？」

陳誼雅笑了一下，像是沒有想要解釋，她們於是一起低頭看向馬桶。

一陣沉默後，溫如瑩先開口，「這樣好像月經。」

「妳不覺得很奇怪嗎？眼皮只要一碰到眼淚，就會浮腫得大鳴大放，可是妳的陰道口，一個月有七天都讓經血橫衝直撞地通過。」

「妳才奇怪吧？想這種事。」溫如瑩聽到她一本正經地疑惑，忍不住笑出來，隨即想到要發問，「妳知道陰道口在哪？」

「靠北，妳不知道？」

「嗯。」溫如瑩承認，沒來由地想要道歉。

幸好陳誼雅很快地接話，「沒關係，大家好像都覺得它是一個很隱密的部位，所以要把它藏起來，像妳的性慾。」

「它在陰唇之間，有一個尿道口跟陰道口，靠近屁股那個才是陰道口，妳回家可以自己摸摸看，尿道口進不太去，試錯也沒有關係，開心就好。」陳誼雅一口氣說完，臉微微發紅。

「謝謝。」溫如瑩的臉也紅了，她在路上看過陳誼雅很多次，這是她們第一次說話。

「我覺得自慰比自殘好一點。」陳誼雅又看了她一會兒，「都會舒服一點，但自慰不會留疤。妳很漂亮，留疤也不會醜，但別人會多看妳一眼。」

「我不想要妳被看。」

陳誼雅說完匆匆把門闔上，像是想要逃離自己的肇事現場，但溫如瑩已經把她的班級和學號記起來了。這是她升上高中後，第一次對制服有好感。

溫如瑩在心中默念那一串數字，想著她說漂亮的時候，眼神短暫的飄移。

後來陳誼雅告訴她，她預謀了很久，每一次看見溫如瑩走進廁所，她都不停猜想，她口袋裡裝的是衛生棉還是美工刀。但她沒有得到解答，她總是看著溫如瑩的側臉就忘記一切。

而她們現在一敗塗地。

溫如瑩把手交給周洋，在所有人面前示範如何跳完整支舞蹈時，腦袋裡想的都是她和陳誼雅最開始認識的場景。

「如瑩，練完要去吃晚餐嗎？」

周洋拉著她的手旋轉一圈，悄悄地問她。

溫如瑩在轉向眾人背側時答應了，「好哇。」

「妳有男朋友嗎？」第二圈，周洋繼續問，好像看不見她的眼睛就能把所有問題化為直球，毫不修飾地拋出。

「沒有。」

溫如瑩挺身，用胸膛穩穩地接住，看自己的心口被砸出一個黑洞。

散場的時候，溫如瑩和周洋走在最後，他拿著她的音響。

溫如瑩看著走在他們前面的林俐穎不斷放慢腳步，直到發現他們走出校門口準備往右轉，而不是和眾人一起走向捷運站時，林俐穎終於停下來。

「溫如瑩，妳不回學校嗎？」

「今天不會吧，我等一下吃完晚餐就要直接回家了。」

「妳們和好了嗎？」

「不知道。」

「我可以跟妳一起回學校。」林俐穎說，好像已經顧不上周洋疑惑的眼神。

溫如瑩盯著林俐穎的鞋尖，一字一句地把自己逼入絕境，「我沒有要回去。」

她覺得林俐穎應該會生氣。

但林俐穎只是走上前，摸了摸她的頭，像她賭氣回絕陳誼雅來找她那時候一樣，一個不應該的眼神都沒有給。

「那我走了，明天見。」林俐穎轉身加入走向捷運站的行列。

在她離開的瞬間，溫如瑩突然覺得好累，她好想大喊林俐穎的名字，要她現在把自己帶走。

但侯柔玟轉過來看了她和周洋一眼。她興奮地勾住林俐穎的肩，一邊交頭接耳，一邊分神偷瞄他們。溫如瑩從她的嘴型能看出，她在問林俐穎，他們之間有沒有可能。

軟弱如溫如瑩，只有在刺激下才知道自己該朝哪個方向前進。她太習慣背負別人期待的眼神，走一條未知的路，好像這樣就能撇清責任。

「要吃什麼？」溫如瑩對周洋笑了笑。

周洋說了一些選項，但她沒有聽進去，走在他身邊有一種抽離的幻覺，溫如瑩覺得自己好像漂浮在半空中，以自己最厭惡的方式檢視他們是否般配。差了一顆頭的身高，兩人雙手若有似無的交會，周洋像極了一個標準的範本。

但她卻是一個偽裝的瑕疵品。

「妳和誰吵架了嗎？」

周洋問起的時候，溫如瑩裝作鎮定地吞進好幾粒沒有咬過的珍珠。

她下意識想要否認，卻發現自己說不出口。

吃過晚餐，他們並肩坐在公車站的椅子，都不想要往捷運站移動。

溫如瑩想了很久，她摳著飲料杯的邊緣，一下一下，像在把時間撥開，尋覓最適合開口的瞬間。

「我跟學姐吵架了。」

「喔。」周洋聽到後鬆了一口氣，「為什麼吵架啊？」

「我對她不好。」

周洋愣了一下，「什麼意思？」

「我對她不好。」溫如瑩重複了一次，咬牙切齒地說給自己聽。

「那妳要跟她道歉嗎？」

「不要。」她飛快拒絕，她也希望道歉可以解決所有的事情，但她該解決的其實是自己。

「是妳惹她生氣的嗎？」

「嗯。」

「她對妳來說很重要嗎？」

面對周洋一連串的問句，溫如瑩覺得自己受夠了。

溫如瑩猛然抬頭，盯著周洋還想擠出一些薄弱安慰的唇，將飲料塞進他手中。

周洋不明就裡，接過她的飲料，拿到嘴邊吸了一口。

看著他的嘴巴貼上吸管，溫如瑩忽然很慌張，差一點就站起身往捷運站的方向跑去。

周洋沒有發現，他喝完自然而然地將飲料還給溫如瑩，還對她微微一笑。

溫如瑩嚇壞了，她終於體認到自己多麼荒謬。

害怕的時候就想要逃跑，跑進別人的地盤，卻責難他人侵犯她的隱私。

溫如瑩沒有去上學。她花了很長的時間說服母親，她的子宮正在經歷一場災難。軟磨硬泡，她得到兩節音樂課的空間，第三節課是數學，母親無論如何也不妥協。

她躺在床上，睜大雙眼，趁母親不注意多吃了兩顆止痛藥。但身體止不住地漏出疼痛，從下腹，從心口，從四肢百骸，洶湧如潮，灑滿整張床單，如果她就這樣死掉，她也不意外。

她緊握著手機，用力得像是要把它捏碎，她沒有想要告訴任何人，她好痛。一張開嘴巴，她可能就會吐出來，但她才剛吞下止痛藥。疼痛牽引出的恐懼漂浮在半空中，一字一句來回打印，她知道閉上眼睛也沒有用。

如果她再也無法喜歡上男生怎麼辦？

溫如瑩直到昨天才發現，原來自己也會這樣擔心。

一面嘲笑自己與侯柔玟毫無差別，一面又煩惱得幾乎睡不著覺。她忽然明白，所有定義都是人類創造出來，畫地自限的工具。

她以為她蹲下身，是為了擦去界線，回過神才看清楚，自己手上拿的是粉筆。

疼痛一波一波襲來，冷汗浸濕她的後腦勺，溫如瑩不甘願地閉上眼睛。如果每一次害怕就逃跑，她永遠無法釐清任何事。

過著面目模糊的日子，最後一頭撞上圍籬，她的死活總是不明不白。

失去意識前，閃過最後一個清晰的影子是陳誼雅。

上課下課，放學鐘響，她們開始收拾書包。

「林俐穎，妳要搭公車嗎？」溫如瑩問身旁的人。

「要。」林俐穎把桌上的筆記一股腦丟進書包裡，「妳今天還是不留讀？」

「嗯。」下腹還殘餘些微悶痛，但已經是可以忍受的程度。自她們大吵一架後，溫如瑩再也沒有和陳誼雅見面。

「妳等一下下公車要記得拿餐袋。」林俐穎背起紅書包，忽然停下動作，看了溫如瑩一眼，「不要再弄丟東西了，掉了就很難再找回來。」

「我還沒準備好。」溫如瑩脫口而出，但林俐穎沒有回應。

公車搖搖晃晃，快要到站前，溫如瑩的手機響了。

她以為是已經下車的林俐穎忘了拿東西，沒有注意看螢幕，溫如瑩直接接起電話。

「我是不是被騙了？」陳誼雅的聲音聽起來快要哭出來了。

「妳先聽我說完，可是妳不可以說我很笨，可是我是不是被騙了？」她吐出了一連串好快的字句，溫如瑩感覺得出她的無措。

「好。」她小小聲應了一句，忽然好想跑到她的身邊。

那些狀似隔離彼此的冷戰能夠持續，其實只是因為在那段時間裡，陳誼雅還不夠害怕。她一發出聲音，溫如瑩就無法繼續假裝無所畏懼。她一直都怕極了她的害怕。

陳誼雅說，她在捷運站，有一個人跟她借了十塊要打電話，她給了，他又再借了一個十塊，她給了，又一次，她說她都給了。

「我是不是被他騙了，可是他看起來很需要幫忙，我後來想想又覺得他是不是在騙我。為什麼他可以這樣濫用我的愛心？為什麼我這麼笨？我好痛苦喔。真的。我好想哭，如果哭出來怎麼辦？」溫如瑩聽見陳誼雅那端傳來捷運車廂關門的聲音。

「沒關係啦。」溫如瑩說，她感覺自己的心一點一點地塌陷。

陳誼雅明明是一個這麼溫柔的人，這個世界卻樂此不疲地消耗這份柔軟，他們不以為意地浪費自己最後的機會。她也是，這個世界的其中之一。

溫如瑩又安撫了她幾句，最後陳誼雅主動掛上電話。

她盯著手機發愣，還沒有辦法思考。她知道那不是示好，更接近毅然決然後，最後一次順從本心。

手機螢幕閃了閃，跳出陳誼雅的訊息，她問她，離她們家最近的捷運站出口是幾號。

溫如瑩猛然想起，母親今天似乎在她吃完止痛藥後，拉著行李與父親一起離開了。

溫如瑩又搭著公車回到捷運站。

陳誼雅只有背了一個紅書包，什麼都沒有多帶，站在路邊背單字。

溫如瑩走到她身邊，不發一語，看她抬起頭，慢慢對自己露出笑容。

「走吧。」陳誼雅笑著，牽起溫如瑩的手。

「陳誼雅。」

「不要哭。」她捏了溫如瑩的手，摘掉她的耳機，「竟然還要聽音樂才敢走過來，不要連我都怕，笨死了。」

近鄉情怯，她一眼就能看破她所有的偽裝。

她們沒有搭公車，溫如瑩說她想要走回家。

「妳是不是想要我多牽妳一下？」陳誼雅打趣地湊近溫如瑩，故意靠在她臉頰旁說話。

溫如瑩點了點頭，毫不遲疑地，她突然很害怕突然出現的陳誼雅又會突然消失。她感覺自己正在弄丟她。

「妳知道嗎？我小時候一直好想養狗，我跟我媽吵過好多次，但我媽說我們全家人都會對動物的毛過敏。我問她什麼是過敏，她說會打噴嚏，會流眼淚，會很難受。」她們並肩走著，沿途沒有太多話，走到一半的時候，陳誼雅突然開口。

「我一直覺得那是她拒絕我的藉口，可是長大以後才發現，她說的是真的。

但後來我也知道，過敏並沒有那麼難以忍受，我媽也忍了我十多年。」

「她只是不希望我不好過。可是我甚至喜歡上了一隻貓。」

溫如瑩知道，陳誼雅是狗。

「那時候好羨慕鄰居家的小孩可以遛狗。」陳誼雅的手心很乾爽，上面所有的濡濕都是溫如瑩的眼淚，「現在才知道，我更喜歡和貓一起散步。」

陳誼雅洗澡的時候，溫如瑩坐在最靠近浴室的餐桌上算數學。

她們在走回家的路上順便吃過晚餐，陳誼雅餵她一口麵，她沒有拒絕，再要了一口。

回家後，她們擠在同一張桌子前念書。陳誼雅每算出一題答案，就會親她一下。溫如瑩最後索性將自動鉛筆丟下，撲過去加深，吻到她們舌頭都發麻。

她聽著浴室裡的水聲，好像聽見公車加速離開的引擎聲，她的餐袋還留在車上，她卻只能站在站牌前，目送這一切遠去。公車最後不會回到總站，它筆直地開進溫如瑩心口的黑洞，從此再也找不回來，卻一直都在。

「溫如瑩，我可以穿妳的內褲嗎？」一片水聲中，陳誼雅探出頭。溫如瑩覺得自己隱約能看見她的胸部。

「幹，不行。」

「可是我什麼都沒有帶就來了。」

「妳是智障嗎？」

「我整天都在想，如果妳不告訴我妳家在哪裡，我要怎麼辦。」她忽然把門關起來，但溫如瑩卻覺得她的聲音變得更加清晰，「還不確定能不能住，就帶內褲出門，會給自己太多希望。」

溫如瑩覺得陳誼雅是故意的，但她還是被掐中，擠出一點血水。

她起身，打開衣櫃，挑出一件素色的內褲。

敲開浴室的門時，她不敢看她伸出的手，「只有內褲，胸罩妳穿不下。」

「謝謝，我在家都不穿胸罩。」

溫如瑩極力克制自己去想，陳誼雅接過她的內褲，她的腳踝會先刷過平常包覆自己大腿內側的布料，然後是膝蓋、大腿、陰部，最後完全貼合。

她低頭看回數學講義，已經想不起來自己算到哪裡。

她們都洗完澡以後，就一起躺在床上了。

餐桌上還有她們攤開的講義，溫如瑩後來一個字也沒有多寫。陳誼雅穿著制服襯衫和她的內褲走出浴室時，溫如瑩就明白，陳誼雅想要完成一些事，她沒有理由阻止，讓她們都快樂的事。

「妳有設鬧鐘嗎？」溫如瑩鑽進陳誼雅的懷裡。

「沒有，我不想要被叫醒。」她說，把床頭櫃上的小鬧鐘塞進衣櫃。

溫如瑩沒有阻止她，她微微仰頭，聞起陳誼雅的脖子。那裡有她原本的味道，和自己的沐浴乳混在一起，就好像她們也融為一體。

溫如瑩用力地吸氣，她只是貪戀現在，還沒有辦法想未來。

她感覺陳誼雅摟著她的手越來越緊，她上下摸索著，最終瓦解在一聲輕響。她解開了她的胸罩扣帶。

那一瞬間，溫如瑩放鬆下來。

作為回應，她張開嘴，含住她的下巴，一路啃咬，直至她的鎖骨打轉。

小小的煙花沿著陳誼雅的脖頸盛放。

陳誼雅一手放在溫如瑩的腰上，一手扶起她的臉。她貼上去，輕輕地吻，從她的耳根出發，劃過她的眉毛，舔了她的眼皮一口，繼續游走。

「我是什麼味道？」溫如瑩開口，她的嘴巴太空曠，需要活動。

她忍不住問，自己、眼淚與經血的差別。

「綠色的。」陳誼雅說，不經思考，她的舌尖在她的酒窩上鑽探，鑽出一顆愛心，但鑽不出一顆心。

溫如瑩張嘴迎上，遂不再有發問的空間。填滿就好。

一陣換不過氣的深吻，陳誼雅的手不再如從前，只是抱住她。放在腰上的手緩緩往上爬，她停在乳房的下緣，彈起鋼琴。

再往上爬，她的手掌完全覆蓋住她。

「好可愛。」陳誼雅貼在她的耳邊輕聲說。

溫如瑩癱軟在她的氣音之中。

「妳好軟。」她一面舔著她的耳垂，一隻手一面畫著圓圈。

「陳誼雅。」溫如瑩只能小聲地確認，這不是夢。

另一隻手沿著她的曲線往下畫，停在肚臍，畫出頻率相同的圓。

然後陳誼雅低頭，沿著手指走過的路，用舌頭重新描繪一遍。
「陳誼雅。」溫如瑩微微喘息，用力抱住陳誼雅，她突然又捨不得鬆開了。
「對不起。」她摸著陳誼雅的頭，「對不起。」
陳誼雅一心一意地往下舔，偶爾滿足地蹭一蹭放在她頭上的手，什麼也沒有說，最後她的唇停在她的下腹。
溫如瑩還在道歉。
「如瑩，」她拉起她的手，放在自己的內褲上方，「我不會再說沒關係了。」
「妳想過就這樣跟他在一起吧。」是肯定句，陳誼雅不是詢問她。
「也不是不可以，如果妳真的喜歡他。」說話的時候，她的手也沒有停下動作，「可是妳只是不喜歡這個世界。」
「但我好希望妳可以繼續留在這個世界，就算我們不在一起了，妳知道嗎？我們可以是曾經，但我不要連妳都是。」
「妳要先原諒自己，總是活得不像世界。」陳誼雅抬起頭，深深地看向溫如瑩，捧起她的左手，在內側那條粉紅色的疤痕，落下一連串的輕吻。
溫如瑩感覺又冷又熱，冷的是赤裸，熱的是貼近，陳誼雅揭開她，再拒絕，但她的手心很燙，滑過的地方還在燃燒，其餘的肌膚尖叫著想要被她溫暖。

陳誼雅舔著她的臉頰，一不注意就滿是淚水。而她的手，一手貼著她的胸部，一手包覆著內褲下方。兩隻手一起揉動，由淺而深的按壓，好像要把她種進自己體內。

「妳好濕。」她輕輕地說，不只是眼淚。

溫如瑩沒有餘力思考，她的最快樂與最悲傷都已經混在這個夜晚，如果最後還是要說再見，她會選擇用快樂的方式，儘管她還是會哭，可是她想要看陳誼雅笑。想要她們都是快樂的。

她伸手，探詢她一直渴望的森林。

「妳好棒。」陳誼雅低呼一聲，隨即加重手上的力道。

她與陳誼雅的手指還隔著一層布料，就已經讓她融化。每一個圓圈，都是她跳進汪洋的踏板，她踩著鬆動的基石，心甘情願沉溺其中，忘記呼吸。

「我好怕，我到現在還在怕。」溫如瑩開口，任憑海水衝進她的嘴中，斷斷續續的聲音，就像真的喝進海水一樣，「所以我什麼都沒有給妳，我道歉也只是想要被妳原諒而已。」

「我好希望我也可以給妳很多快樂。」

「已經夠多了。」陳誼雅牽住小心翼翼撫摸自己的手，「一開始，我也只是想著，要教妳怎麼讓自己快樂，現在知道妳學得很好，是我多得的。」

字句越來越破碎，溫如瑩情不自禁閉上眼睛，她聽見陳誼雅一邊喘息，一邊輕笑，還有眼淚不斷滑過她的腹部。

溫如瑩不能確定打濕自己的是什麼，只知道她們快要一起化為海洋。

幸好，她沒有被留在岸上。

「不要怕，我會保護妳。」最後，她只記得陳誼雅不斷重複，她不確定是在她褪去她內褲的時候，還是更早她說害怕的時候就開始。

其實最初溫如瑩就相信了，所以她盡情地害怕，她們從沒有停止兌現。

◐

「翻開單字本第五課。」

她們複誦老師標準的口音，然後低頭抄寫整個黑板的補充片語。

be green with envy.

溫如瑩頓住，抬頭再看了黑板一次。

「中文的嫉妒是眼紅，不過在英文的用法，嫉妒的顏色是綠色喔。」

黑板和課本忽然都變得模糊，只剩下英文老師講解的聲音，不斷回放。

陳誼雅比她早一年學過這個單字。

她猛然想起那天早上。

陳誼雅走了，她總能自己循著原路離開。

她看著床單，食指撫摸凹陷的位置放到嘴裡輕嚐。

是綠色的。

她突然覺得自己完整起來。

1 棉花糖，〈一起等地球爆炸吧〉。

你要先原諒自己，
總是活得不像世界。

玻璃彈珠
都是貓的眼睛

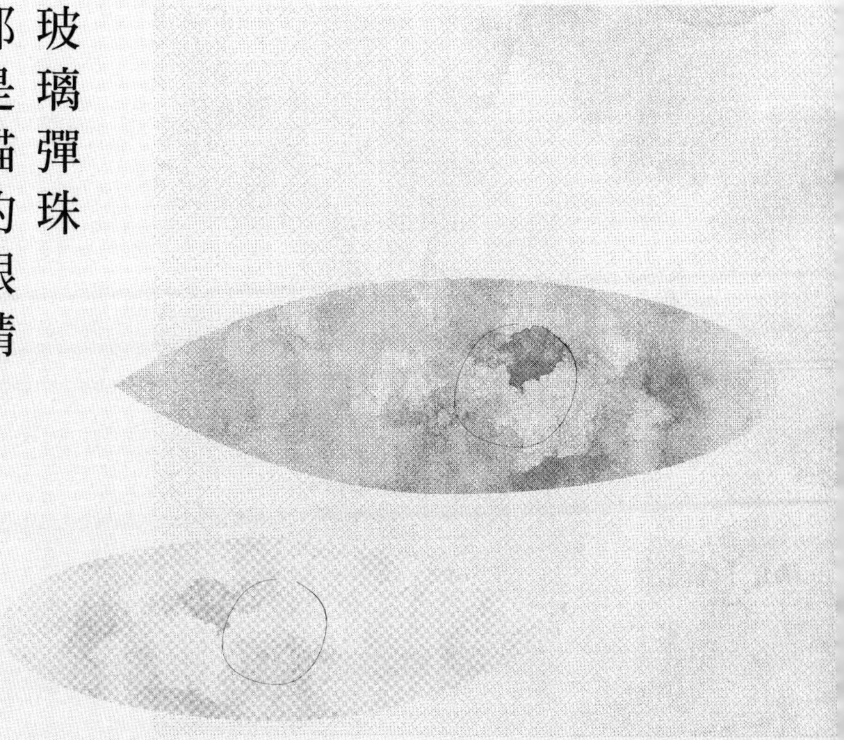

你每一次說不一樣，我也會流血。
我以為我們終會相遇，所以拚命拉扯你，
但對不起，我不該覺得只有我需要對抗地心引力。

她怕血，五歲那年從樓梯上滾下來，血流了一地。她其實記不清楚血與自己交雜在一起的模樣，可是恐懼記得血是疼痛。

草原的盡頭是海，海的邊界是天，天還未亮，他們在等。

風將海的味道帶到他們面前，她深吸了一口，好像舔進滿嘴砂糖。

「你知道，我喜歡海。」林萩恩說，碰到他的肩膀時，感覺更加喜歡。

陳昱方順勢靠近她一些，他們的肩膀遂貼在一起。

「我喜歡坐機車，你喜歡騎。」

林萩恩繼續說，即使沒有得到回應，她仍然按部就班將預備好的臺詞說出。她喜歡計畫，他適時的沉默也在計算之內。

「太陽要出來了。」陳昱方側過頭看向她，而不是日出的方向。

「嗯。」

海與天的交界是迷幻的顏色，好像隨時會有獨角獸衝破霧灰的氛圍，然後在天光大亮的瞬間又消失。

他們閉上眼，摸黑緩緩靠近彼此，想抓住獨角獸出現的剎那。

雙唇相依前的最後一個步驟，林葒恩開口，「我喜歡你，最喜歡你。」

「陳昱方，我們在一起好不好？」

天亮了。

旖旎的露水忽地蒸發，完滿的光線照得他們無所遁形，林葒恩感覺出來這是最後一步，但他卻是往反方向走。那是一隻沒有角的馬。

她張開眼睛時，剛好對上陳昱方的驚慌失措，「可是妳是雄女的。」

「他說我是雄女的，哇真是謝謝他的提醒，我還穿著制服去墾丁，因為我看完日出要回來上第三節的數學課。」林葒恩用力地刺穿便當裡的魚排，「幹，我是因為制服在 seven 買酒被拒絕過，不過我沒有想到還會因為制服被男生拒絕。他竟然真的敢說出來。」

「妳說他讀哪裡？我又忘了。」徐芮芊夾起被她碎屍萬段的魚排，吃下。
「高職，反正我說了妳也沒聽過。」
「喔，那很正常啊，父權思想作祟。」
「妳覺得陳昱方知道什麼叫做父權嗎？」林菽恩翻了一個白眼。
「幹，妳超壞，妳根本不喜歡人家吧。」徐芮芊說，一邊笑到拿不住筷子。
「喜歡嗎？」她輕聲複述，夾起一半的魚排，「食之無味。」
魚排好歹還是主菜，而她在這一役中是紅蘿蔔，歸處只有廚餘桶。
她是被挑剩的那一種。

林菽恩還是哭了。
她盡力坐直身體，想看清楚黑板上的單字片語，可是眼淚像洪水，沖垮她認真向上的唯一道路。
她不想趴下來擦眼淚，那樣無異於求歡失敗的猴子。
除了道歉，他沒有再說話。回程的濱海公路變得冗長，他們不發一語，只剩落山風在哀嘆。

她很想再抱住令她安心的背影，可是她伸出手也到不了，整片台灣海峽突然橫亙在他們之間，他們駐足在海邊的清晨，確實帶回了一片海洋。

一顆小紙團打斷林菽恩的眼淚。

「放學帶妳去一個地方。」

她轉頭，看見徐芮芊對她笑了一下。

滷味店和五十嵐中間有一棟商用大樓，沒有招牌和食物的店面往往被忽略。

「我都不知道學校附近有酒館。」林菽恩說，她甚至不知道這棟大樓的存在。

「學姐帶我來的。」徐芮芊沒有得意，興奮中帶有一絲侷促，像是準備打開自己的潘朵拉盒子，卻怕它在別人眼中只是一個吃剩的餅乾盒。

「沒有約我。」林菽恩彈了一下她的額頭。

「我想啊，可是酒館挑人。」

「妳那時候也還沒有成年吧？」

「噓。」徐芮芊拉起她的手走進電梯，「現在也還沒。」

一隻貓在電梯門闔上時，竄進她們之間。

「啊，咪咪跑出來了。」徐芮芊輕呼一聲。

「妳認識牠？」林菽恩盯著牠，有些好奇。

「牠是酒館的貓，很兇，都不靠近別人。」

「可是牠在聞我。」

「我也聞聞看。」徐芮芊湊近，吐出的氣息讓林菽恩恍然以為她在舔她。

酒館小小的，都是女生，她們坐在角落的沙發，黑色的百褶裙和黑色的沙發融為一體。桌上放了兩杯快要見底的調酒，兩根吸管交換著吸，上面都有林菽恩咬過的痕跡。

「我覺得好像可以了。」再吸一口長島冰茶，林菽恩宣告。

「那就開始吧。」

「我跟他是國中同學。」

燈光昏暗，照不出她們酡紅的雙頰。

陳昱方長得很高，笑起來有梨渦，淺淺的，常讓人沒有注意到自己其實已經困在裡面。

他喜歡做菜，不愛念書，自然而然選了餐飲科。

放榜那一天，林菽恩得到整模專屬她的檸檬白乳酪蛋糕，慶祝她考上第一志願，其他人都不准來分食，這是陳昱方的堅持。

林菽恩不是班上成績最好的人，她們一群包辦前五名的好友中，只有她放學後不用直奔補習班，偶爾會睡過頭翹掉幾堂課，前一天看小說看得太晚，只好交出一本空白的作業簿。

這些日常曾經讓她以為自己不算是好學生，這對她來說是一種榮譽的認可，甚至得到陳昱方的蛋糕加冕。

那一年暑假，他們繞遍陳昱方的機車到得了的每一處海岸。在那裡，林菽恩都許下同一個願望，他們還要去更遠的地方看海。

「欸陳，你知道怎麼騎去雄女吧。」最後一個海邊，明天開學。

「知道啦，我查過很多次。」

「那你以後要常來找我，我是說真的喔。不是改天見的那種客套話。」

「我穿制服去會不會害妳很尷尬啊？」

「我跟她們才不一樣。」林葳恩用力駁斥，抓起一把沙子灑在陳昱方的褲子上，「你忘記張欣如的畢業卡片寫給我什麼了嗎？『我本來很討厭妳這種明明很愛玩又可以考很好的人』。」

陳昱方笑了，摸摸她的頭，沒有撥掉沙子。

十一月的風還是悶熱，吹起來就像八月，與他們分別時沒有差別。

他們相約晚上八點，舞社練習時間結束與陳昱方的放學時間恰好契合。

林葳恩走出校門的時候，陳昱方的機車已經停在外面。他拿著手機頭卻垂下，坐著就睡著。

「嗨。」她輕輕拍了拍他的肩膀，「你吃飯了嗎？」

「沒有，做太多吃的就不想吃了。」

「可是我好餓。」林葳恩說，拉起他的手，「陪我去吃鍋燒意麵。」

「幹嘛不上來？」

「你剛剛睡著了欸，不要再騎車了，很近，走過去就到了。」

陳昱方愣了一下，聽到她說的話卻沒有抬起頭，走下機車坐墊的時候他將手抽了回來。

「不要太靠近我，我很臭，都是油煙味。」陳昱方說。

「我也很臭啊，我今天上體育課，而且又練了那麼久的舞。」林萩恩不以為意，貼在他身邊。

並肩走著，影子被路燈晃得若即若離，林萩恩始終不讓陳昱方逃開。

又走了一段路，直到路燈的盡頭，再看不見他們的影子，陳昱方才回應，「那不一樣。」

期末考前的夜晚，林萩恩趴在書桌前，努力撐開眼睛與三角函數搏鬥。一不小心睡著又驚醒，她索性拿起手機，「明天要考數學。」

「加油，妳一定可以的。」

「現在早就不像國中的時候了，讀書好難。」林萩恩有氣無力地把玩手機，傳送她的徬徨與焦慮。

「你們已經很厲害了。」陳昱方飛快回應了。

林萩恩的眼皮往上提了一些，她不喜歡他話中的評分等級，「我覺得會做蘋果派也很厲害啊。」

「不一樣啊，讀書是你們選的。」她可以感覺到他的停頓，「現在才後悔自己當初幹嘛不好好讀書，做菜也比不過別人。」

林菽恩徹底清醒，她猛地坐直身體，按下通話鍵。

「陳昱方，我們沒有不一樣。我只是剛好符合大家推崇的生活方式，可是那不代表你的生活比較廉價。我們不可能停止比較，但是至少要知道暫時輸掉沒有關係。我很常算完三本數學講義，還是考不及格。」一接通，她劈哩啪啦地開口，不給陳昱方發話的餘地，「你也有在努力就夠了呀，不是只有好好讀書才是好好生活的方式。」

他沉默了片刻，挑他擅長的回應，「妳盡力就好，不要給自己太多壓力。」

「我才不是在說這個！」

「好啦，只是父母相對希望的不是我這一種，而且好累。」

聽見他提起父母，林菽恩就後悔了，她應該繼續維持和平的幻象，「你做的蛋糕是我吃過最好吃的。」

他笑了，總算找回熟悉的話題，「妳生日之前，我會做出獨角獸。」

陳昱方總說，她像獨角獸。林莜恩已經不確定是因為他認為她與眾不同，或是她對他來說其實只是幻影。

「……好，累的話早點睡。」

林莜恩氣焰全失，她沒有想過當陳昱方承認自己總被世界俯視的時候，她也是世界的一員。她只想著激勵他。

那是陳昱方最後一次仰起頭。

「然後呢？」徐芮芊問。

「就是今天他拒絕我。」長島冰茶見底，林莜恩進攻另外一個杯子，「這是我印象中僅有的幾次意見不合吧。」

「只是妳單方面地入侵他吧。」她看著她，眼睛逐漸遺失焦距。

「幹。」林莜恩想給她一拳，卻沒有瞄準，歪倒在徐芮芊懷中。

她輕輕哼了一聲，聞著熟悉的味道，舔到自己的眼淚，「對不起，我知道要慢慢走啊，可是他一直往下跑，我怎麼跟得上……」

「什麼？」徐芮芊低下頭，想要聽清她未盡的後話，卻沒有抓好距離，幾乎貼在她的臉上。

林蒞恩突然看清楚她的眼睛。

她終於被挑中。

「深山裡的獨角獸或百合花，妳會想當哪一種？」

徐芮芊逐漸瞪大眼睛，看向她卻不像在看她，「我想當盜獵者。」

林蒞恩勾起嘴角，她的大腿敲了敲沙發，百褶裙上下晃動，「都是黑色的。」

吸收過多酒精的眼皮變得沉重，所以她只想做一些閉上眼睛的事。

例如接吻。

徐芮芊的舌頭掃過她的牙齦，逐一清點，像在參觀博物館的典藏，僅此一次蒐羅匪易，要輕輕地碰用力地記。

接吻之前不需要確認身分，林蒞恩已經學會。

水聲漫溢，她將唇舌從相同濃度的嘴中抽離，喘著氣，附在她耳邊輕聲喚，「徐芮芊。」

「幹嘛？」

「幹嗎？」

「幹。」她失聲，是咒罵也是回應，林菽恩猜她們的下體都一陣緊縮。

林菽恩漂浮在漆黑之上，順著一波一波的快意晃蕩，她不知道自己會抵達何處，愜意卻令她慌張，她的專長其實是按表操課。

腳尖著地的瞬間她就認出來了，是階梯。

「會掉下去。」

「是要進去囉。」

徐芮芊的聲音很遙遠，她似乎在回應她，但林菽恩其實是在對自己說。

每一次她都會回想起媽媽當時在她身後的驚呼，猶言在耳卻在之後仍然屢戰屢敗。

「會痛。」

噗一聲，她探入的同時她滾落，都會流血。

「很痛嗎？」

「可是很快。」

她對媽媽說，希望她不要多慮，這是她找出抵達心之所向的捷徑，總要承擔一些犧牲。

「那要再一次嗎？」

徐芮芊問，可是受傷從來沒有選擇的餘地。所以她們稱呼為做愛，好像就是出於自由意志。

「喵嗚。」

一隻爪子勾住百褶裙的邊緣，她們同時被拉回酒館。

「牠真的很喜歡妳。」徐芮芊失笑，只好將手移到貓咪的頭上。

「鹹腥味牠都喜歡吧。」

「十點了，公車要來了。」

林菽恩點頭，拍拍裙子站起來，「濕濕的。」

「等一下就乾了。」徐芮芊摸了摸她的頭。林菽恩沒有阻止她，儘管她其實覺得有一點不衛生。

走之前她回頭看，沙發上也濕了，幸好都是黑色的。她看著那一片痕跡，知道不是血，卻無可抑制地害怕。

隔天放學，林菽恩沒有和徐芮芊一起走。
她搭上陌生的公車，搖搖晃晃抵達她未曾到過的轉運站，再換一班公車。
她不太流手汗，一路上卻緊張得幾乎握不住手機。
下了車跟著手機導航的方向走，林菽恩來到校門口。她像一隻逆流而上的鮭魚，和放學的人潮走相反的方向。
同樣都是白衣黑裙，她卻感受到前所未有的尷尬，他們能夠分辨出異族的鹹腥味，頻頻回頭。
餐飲三智，還沒有找到班級牌，她就停下腳步了。
陳昱方坐在轉角的臺階上，腿上還有一個女生。
相顧無言，林菽恩先開口，「嗨。」
「妳怎麼在這裡？」陳昱方的手還環在女生的腰上，不知道該收還是放。
「終於換我抬頭看你了。」

他沒有接話，她覺得他可能聽不懂，有些失望，隨即釋然，他一向是不懂理論只知道實踐的人。

「雄女是輸在這裡嗎？」

「妳不要這樣說話。」

「你是不是覺得碰一下雄女生的屁股就會被送性平會啊？」

「妳們不一樣，沒有什麼好比的。」

「雄女有什麼了不起？妳不要看不起我們。」附著在他腿上的女生被提及，找到發表意見的機會。

「是你們太看得起我。」林薇恩抓著百褶裙的邊緣，「我的學校，不是我。」

「我也不想，可是看妳的時候，我就看不到自己。妳每一次說一樣好，我都覺得我更沒用。」陳昱方低著頭，口氣平靜，他一直以來都是這麼想的，「我們就是不一樣了。」

「我知道。」

林薇恩真的知道，她永遠走不完這些階梯，她只能踩空，地心引力對他們才一視同仁。

「所以我換了一個方式。」

他們都不需要更多心靈雞湯。

「我不是處女了。」她否定自己的貞節，好讓這件事更接近摧毀。

她看見陳昱方的眼睛掀起一片驚滔駭浪，沖垮神壇，她正從那之上直直往下墜。底下是還沒有乾掉的血跡。

「妳在幹嘛？」陳昱方看起來氣炸了，「不要亂開這種玩笑，女生要愛惜自己的身體。」

「我們一樣了嗎？」林萩恩問，終於感到眼眶有濕意。

「妳……」陳昱方說不出話，林萩恩也沒有期待得到答案。

「妳跟別人做過了，昱方才不會要妳。」

「嗯。」林萩恩點頭，仍然盯著陳昱方，「所以我是來告訴你，你每一次說不一樣，我也會流血。我以為我們終會相遇，所以拚命拉扯你，但對不起，我不該覺得只有我需要對抗地心引力。」

「妳怕血。」他只說得出這個。

走進酒館前，她們蹲下身和緊跟著林菽恩的貓咪玩耍。

「妳看，牠的眼睛好像玻璃彈珠喔。」

「會不會其實所有玻璃彈珠都是貓的眼睛呢？」

「那樣的話，玻璃彈珠就不會這麼便宜了。」

「所以祕密才有價值啊。」

「但有些祕密卻會讓妳不再珍貴。」

她懇切地希望在捽碎所有祕密之後，終是平地，如此即使是躺在一片血泊中，她也不再害怕。

可是人總往高處爬，她看著貓，玻璃彈珠反射出她緊緊抓住階梯邊緣的樣子。

她很想再抱住令她安心的背影，
可是伸出手也到不了，
整片海峽突然橫亙在他們之間，
他們駐足在海邊的清晨，確實帶回了一片海洋。

撲火

「會痛是一件很棒的事。」
「至少你還知道你會被傷害卻也能傷人。」

「學姐再見。」

「學姐再見。」

此起彼落的聲音從她身邊離開，她彎著腰，手撐住花盆的邊緣，胃在翻攪，每一個學姐掉進去，都濺起洶湧的浪花。她緊閉著雙唇，以免呻吟和嘔吐洩出。

「我先走了，明天早上七點不要忘記喔。」最後一聲，她感覺呼吸聲突然離自己好近，潘妍庭靠在她耳邊輕聲說，「妳還好嗎？學姐好像在旁邊看很久了。學妹都走了，妳要不要跟我一起上去放東西？」

她一張開嘴巴，就吐了。

來不及摀住嘴巴，她反射性伸手把槍拿到一旁。

學姐走過來了，「潘妍庭妳先上去。」

「謝謝學姐，學姐再見。」她說，握著自己的槍，沒有回頭再看一眼的勇氣。

她仍然低著頭，只能看見學姐的鞋子。白色愛迪達，鞋面上終於沒有操場紅土的痕跡。

她知道學姐盯著自己看，可是學姐什麼也沒有說。

良久或是只有片刻，總之她在心裡計算，那段時間她死了三次。

「好，現在我也不能罵妳了，妳已經盡力了，妳已經夠慘了，妳已經做不到了，妳的嘔吐物都可以向我叫囂了。今年校慶儀隊就一起表演三秒嘔吐好了？妳的專長啊，分隊長學姐。」

她感覺胸前的兩條紅槓在發燙，叫囂著要離開她的制服口袋，那是上個月剛繡上的。

學姐胸前有三條，壓在她心上。

學姐轉身離開，板鞋的底部打在玄關的大理石地板，滴滴答答，眼淚同時打在花盆上。

她猛然站直身體，用力將槍往空中拋，兩圈半，落在她身旁的草地上。

槍頭歪了，還有她的小拇指。

「謝謝學姐，學姐再見。」

她靠在花盆上，看著空蕩蕩的草皮，終於承認自己失去最後的一兵一卒甚至是一把槍。

高雄的夏天偶爾才會有雷陣雨，那盆花卻能開得特別好。

◐

八點三十分，辦公室裡只有吃剩的洋芋片包裝，和她。

桌上放了一疊被紅筆圈滿的報表，不堪反覆開啟再關閉的檔案終於罷工，方橙看著電腦螢幕倒映出的黑眼圈，承認全軍覆沒。即使把所有的燈都打開，也照不亮前方的路，她與她的夥伴都奄奄一息。

八點三十二分，或許吃份麻辣燙能提振士氣，她已經受夠多力多滋和維力炸醬麵。可是還沒有人回來拯救她，她沒有鑰匙鎖門。

「叮。」玻璃門被推開，方橙猛地打直背脊，點了兩下滑鼠。

「您好，請問是陳小姐嗎？」

方橙抬頭，看見的不是黑色窄裙而是墨綠色長褲，在地板敲出聲響的也不是高跟鞋。

「我是育葳的教官。」

「您好。」方橙擠出微笑，她忽然很想伸出雙手，請身穿軍服的男子把自己銬走，明天就不用上班了。

「育葳今天晚上在學校受了一點傷……」

「嗨姐，我在這。」軍服背後冒出了一顆頭，瀏海濕透，馬尾有氣無力地垂在肩上，但女孩的笑沒有一絲陰霾。

「受傷後的第一時間我們就帶著育葳到醫院檢查。」男子繼續說，很快又被女孩打斷。

「教官，你不要嚇我姐啦，我連血都沒流。」

「育葳的右手小指骨折了。」

「呃？」方橙愣了愣。

「藥方以及醫生的建議都在藥袋裡，學生保險賠償的部分明日校方會有專人與您聯繫，發生這樣的遺憾我們深感抱歉。」男子鞠了個躬，不苟言笑，將女孩輕輕拉到方橙面前。

「還要麻煩陳小姐讓育葳好好休息，這個禮拜最好不要再到學校練習。」

「教官！」女孩抗議，但無效。

「辛苦了，謝謝您，掛號費的部分？」方橙笑了笑，將女孩拉到自己身邊，掏出皮夾。

「我給過教官了。」女孩看了她一眼，又快速低下頭。

「那我先告辭了。」

「謝謝教官，教官再見。」

軍靴敲著地板，比高跟鞋的聲音重上幾分，還是淡去。

八點四十分，辦公室裡多了一個人，但方橙仍然沒有鑰匙鎖門。

「陳育葳嗎？」方橙關上電腦螢幕，看著離她兩步遠的的女孩。

她的眼睛很大，睫毛垂著，及肩的黑髮逃出髮束，散亂而狼狽，襯衫濕透，但背脊依舊挺直。

「謝謝，我以為我媽在。」陳育葳輕聲說，「教官要看到大人才放我走。」

「妳媽如果看到妳搞成這樣，妳就完蛋了吧。」方橙笑，想起桌上的報表又忽然笑不出來了。

「妳知道我媽是誰？」

「只有經理姓陳。」

「可是我是跟我爸姓。」

「靠。」好丟臉，方橙想把頭埋進洋芋片的包裝袋裡。

「不過妳答對了。」陳育葳走到牆角，坐下，「所以不可以被我媽發現，我只是忘記帶鑰匙。」

「經理的位置在後面的隔間。」方橙錯愕，不知道該先糾正女孩的行為還是隱瞞。她不覺得骨折可以是一個小祕密。

「我很濕，不能坐我媽的位置，她會氣死。」

方橙的嘴角抽了抽，不無道理但她也無法放任小朋友坐在地上。

「坐這裡。」她拉起女孩，把報表和筆電搬走，將她推到自己的位置上，「我換個位置看能不能沾沾別人的喜氣，她請了十天的蜜月假，峇里島欸。」

「謝謝，我真的很濕喔。」女孩笑了，嘴角勾起的弧度很小，疲憊的肌肉自主罷工，「還有，妳拉到我的右手了。」

八點四十五分，多了一個人穩定的呼吸聲，即使只留下一盞桌燈也不荒涼。

她看著女孩的背，終於下定決心將自己的外套覆上去，「妳真的很濕。」

方橙關上所有電燈，走到隔壁座位，重新打開檔案。

總是要等她睡醒吧。

不知道照顧經理的女兒是不是遲交更好的理由呢？

◐

這題的答案是，否，忘了帶鑰匙的高中生不需要特別的照顧。

「方橙啊，報表不要再遲交了。」方橙低頭，看經理隨意將她整理了一個晚上的報表擱在一旁，指節輕輕敲著桌面，「要知道自己該做什麼啊，現在才八月就忙不過來，到時候旺季要怎麼辦？」

「謝謝經理。」

方橙正要撤退，經理將筆蓋蓋上，發話。她收起浮在嘴邊的笑容。

「昨晚是個意外，我不會讓我的辦公室變成托兒所，很抱歉她的魯莽造成妳工作上的困擾，不會再有下一次。」

「經理我……沒有覺得困擾。」方橙想起女孩在聽見高跟鞋的聲音後，熟練地將繃帶拆開，藏進書包，重新綁好頭髮，拿出講義與筆。

「我替妳感到困擾。」

玻璃門被敲響，對話到此結束。

「經理，Reika 來談董監事責任險了。」紅棕色的大捲髮探入，「咦？小橙也在這裡呀，那順便幫我買三杯熱拿鐵不加糖，不可以買超商的唷，麻煩妳了。」

「好的。」方橙點頭，暫時沒有擠出微笑的力氣。

「又被經理叫去講話了呀？加油唷，有問題都可以來找我的。」擦身而過，大捲髮差一點甩著方橙的臉。

「謝謝麗春姊。」

「唉唷，叫我 Lilian，我的本名沒有妳的可愛啦，小橘子。」

方橙沒有再搭話，帶上玻璃門，她知道自己無法向任何人求援。

在這棟用相似的西裝褲和窄裙組成的大樓中，她時常擱淺在某一層樓的電梯口，看著鏡子中的自己，忘記胸前掛的一串識別證中的照片，哪一張才能刷開眼前這個門。她沒有太長的時間可以思考，稍微停下來，就被前仆後繼的皮鞋淹沒。

八點三十分，方橙的筆電旁放著辦公室鑰匙，可是她仍舊與麻辣燙無緣。

「生意太好了啦。」她說著只敢讓自己聽見的話。右手邊還疊著一排審核不完的保單。

「叮。」門被推開，不是高跟鞋，也不是軍靴。

「欸？妳真的忘記帶鑰匙嗎？可是經理已經下班了。」方橙微微皺起眉，她的進度已經岌岌可危，再惹怒經理可能真的會被貶去托兒所。

「我知道啊，所以我才來的。」陳育葳把書包放下，撥齊瀏海，「要不要吃宵夜，幫妳買，我媽今天早上應該很可怕吧。」

「麻辣燙！」

「好，等我。」

方橙抬起頭，看著同樣濕透的背影，問，「現在不是暑假嗎？妳為什麼要穿制服。」

「我要去學校啊。」

「妳的手？」

陳育葳把錢包從左手拋到右手，笑，「沒有流血的傷隔天就都好了啦。」

「屁啦。」

「真的，我是海賊王。」回眸，髮束滑落，女孩的黑髮散開，卻沒有擋住她的笑容。

八點四十五分，方橙消滅自主加班後的第三張保單。

「妳是討厭北極熊還是怕黑？」陳育葳斜倚在門邊，手中的塑膠袋冒著煙。

「我怕燈開得不夠亮，警衛會把電梯鎖起來。」方橙翻了一個白眼。

「那我吵一點，妳就不用怕了。」她關掉兩個燈，拉了一把椅子擠到她身旁。

「可是妳很濕。」她笑了，沒有推開陳育葳。

「小孩，妳的手有沒有神經？」方橙看她夾走最後一個米血，忍不住問。

「有。」然後得到陳育葳的白眼。

「妳不會痛嗎？」

「會痛妳要幫我呼呼嗎？」

「……妳有病嗎？」

「有，我的手指骨折了。」陳育葳笑得洋洋得意，方橙完全不能理解。她想問她為什麼不告訴媽媽，她想問她怎麼把自己搞得如此狼狽，她想告訴她不喊痛也不會真的不痛了。可是方橙不知道怎麼開口。

陳育葳在她的注視下理直氣壯地嚼完米血，嚥下，「習慣之後就真的比較不會痛了。我媽喝醉也不會讓我看到，應酬是她的工作，這是我的工作。」

「不用同情我。」

◐

工作。

方橙在搞混兩張保單後又接到要支援業務的電話，忽然想起陳育葳堅定的神情和她說過的話。

好想回家。

將肥厚的文件夾塞進包包，拿出口紅就著手機螢幕的反光補上一點氣色。方橙匆忙趕到電梯口，按開即將闔上的門，低著頭說抱歉卻全然沒有愧疚之情。

「穆姐。」她對在大樓門口集合的前輩笑了一下。

「妳的鞋呢？」

方橙順著穆郁青的視線往下看，兩雙眼睛同時盯著黑色的運動鞋。

「我的高跟鞋放在座位上，我想說今天穿長褲配黑鞋應該也沒有太大的問題。」三十六樓，方橙試著不再力爭上游一次。

「如果我要請妳幫我解釋的是夜市攤販的火險，那妳穿這樣的確十分隆重。」穆郁青沒有掩飾不耐煩，她滑開手機看了一眼，「還有三分鐘，Uber 要來，不然就是妳不用來了，一輩子去講完保單都可以買包臭豆腐，多親切。」

「我現在上去，穆姐稍等一下。」

方橙低頭，手指一個用力，差點扯掉西裝外套的暗扣。

端著咖啡壺的祕書已經走進會議室第五次了。

方橙總是小小地抿一口，以防自己想跑廁所。不沾杯口紅在白色瓷杯上印出一圈血跡，她覺得那是自己發自肺腑的哀號。

可惜他們聽不見。

穆郁青從她在保單上圈到快要破掉的重點，講到他們上個月一起去的預約制日式料理店。

方橙所有的功能就是端坐著保持微笑，在穆郁青喊一聲核保後，開始重複她唯一的一段臺詞和結論，我們有專業的損防團隊可以降低意外發生的機率。

「而且這張保單的價格已經十分優惠了，吳總。」然後穆郁青接著說，重新引起對面男子撫著小腹談最近市場的不景氣。

厚重的窗簾阻隔了冷氣以外的世界，無止盡的循環最後結束在祕書敲了敲門，收走見底的咖啡杯，委婉地說咖啡豆用完了。

「吳總，您怎麼看？」

九點三十分，警衛笑著拉下鐵門。

她們各自跨上機車，禮貌性地互道晚安。

黑色套裝揚長而去，穆郁青終究沒有告訴方橙，她存在的意義和那張保單之間的關聯，今日的奔波彷彿是為了免費的黑咖啡。最後只用一句「先到這裡吧」便打發一切。

方橙不知不覺騎上回到辦公室的路，想換回自己習慣的鞋子。

她騎著，在即將抵達時慢了下來。

她穿著制服，坐在橘黃的路燈下，捧著一顆烤番薯。確信的笑容像是她們之間有任何約定一般，毫無懸念。

「嗨。」

她忽然聞到黑咖啡混著冷氣房以外的氣味，空氣慢慢地滲入體內，然後才開始感到疼痛。

短暫的失語。她踢掉高跟鞋，拔出鑰匙，赤腳下車。

「地板會涼。」在她著地前，她接住了她。

陳育葳走上前，食指抵住她的額頭，把人推回機車座位上，順勢坐在她身旁。

「鞋子在樓上。」方橙低下頭，把玩還有溫度的番薯。

「你沒有辦公室的鑰匙。」

「嗯。」

「穿久了就不會痛了。」她說，拿出ＯＫ蹦，蹲下身，握住她的腳踝。

路燈照得她的髮旋微微發光，方橙在心中默念，如果數到三，她站起來，就給她一個擁抱。

一。

二。

方橙被按進她的懷中，即使是八月也風不乾她總是微濕的制服，她的味道將她包圍。有一點薄荷，有一點汗味，有一點美好。

「不要哭。」

陳育葳說。

她靠在她的懷裡，流出來的淚很快就被吸乾。方橙弄不清楚是因為有人願意抱住她，還是抱住她的是這個人。

抓不住在她們之間流竄的細微，對陳育葳來說是好或者美好。女孩太常與女孩擁抱。

或者她們剛好一起數到了三。

「她是不是希望妳可以當一塊專業的招牌？」陳育葳說，吃完番薯。

「大概吧。」方橙聳了聳肩，把垃圾塞給陳育葳，「就算知道她沒有惡意，還是會覺得很……挫敗。」

每一次開口說出那些沒有人在乎的資訊時，方橙都必須鼓勵自己這是最後一次，才有辦法繼續前進。橫亙在她們之間的時鐘像是忘了上油，分秒的推移都遲緩而疼痛。回過神，看著商辦大樓關起的鐵門她才發現一整天就這樣消失。她撐得艱辛卻徒勞無功，甚至不能肯定自己是否真的活過這一天。

「最失敗的是，我不敢肯定是我在遷就她浪費我的時間，還是她在包容我沒有能力提出更好的論述。」

陳育葳突然笑了，噗哧一聲，真誠地讓方橙能迅速理解不是嘲笑。

「如果妳第一次就大獲全勝，那她幹嘛浪費這麼多年的青春？」

「可是很徒勞。」

「她有嫌妳嗎？」

「沒有，她只是一直看著我。」

「那她下次如果嫌妳，我幫妳罵回去。」

方橙也笑了，「記得說妳是經理的女兒。」

番薯吃完了，可是餘溫還沒散去。或許她該說點什麼，把溫度瓶裝。

「什麼時候開學呀？」

「後天。」

「好突然。」

「我也覺得我根本沒有放到假。」陳育葳皺著眉，彈了彈身上的制服。

「那你明天有空嗎？」星期天，辦公室難得會上鎖的日子。

「好哇。」

她說好，不是有或者沒有。方橙想起認識的第一天，教官說，不要讓她每天都去學校練習。

◐

出門前，方橙對著鏡子放空好長一段時間，她早已把素T和牛仔褲埋進衣櫃的深處，然後套上帆布鞋，好像這樣和陳育葳的距離就能近一點。

她們並肩，走在稍微擁擠的百貨公司。

電影院在十七樓，不過陳育葳說她喜歡手扶梯。

「這樣才能把後面的人都堵住。」她說，牽起她的手。

方橙沒有回話，她盯著前面的後腦勺，找不出更好的方法修飾自己的驚慌失措。扣在一起的手微微濡濕，她慢慢感受到陳育葳同樣小心翼翼。

「我很濕。」方橙輕輕掙開，在褲管摩擦著自己的手掌。

「沒關係，我也是。」陳育葳說完，有些狼狽地望著她，不想讓氣氛就此停滯，卻卡在沒有更多勇氣。

她先抓住她了，抓一手曖昧不明，輕輕攤平，送到她的手中。

她看見了，所以不可以反悔。

方橙別開眼，五指鑽進她的掌心，打開然後扣上。

「我一直都知道妳很濕。」

十指交纏，適得其所。

那是方橙看過最不專心的一場電影。她習慣安靜地看，不吃爆米花，不喝飲料，不做任何會打斷自己走入螢幕的事，可是她失敗了。

她忍不住轉頭，看陳育葳。電影院很暗，陳育葳的眼睛會發光，她就成了她的觀眾。

方橙想從她瞳孔反射的光影中看見她的過去。她的直覺，女孩比她擅長承受疼痛，是因為練習。

她忽然想捧起她的小拇指，吹一口氣。痛痛飛。她想這麼說，卻感覺自己才是牙牙學語的嬰孩。

方橙不能理解自己為什麼如此迅速地被征服，或許是因為她有一雙長長的睫毛。當她看向自己，她就當作那是救命的繩索。

燈微亮，片尾的製作名單開始跑，她們靜靜看了一會兒，聽身後觀眾窸窣起身的聲音，兩人都沒有動。

方橙轉過頭，清楚地看見陳育葳的眼睛。她也看著她。

她微微往前，再往前，盯著她的眼睛再往前。

她們都沒有閉上眼，那是她靠近她的動力。

唇碰在一起了，又迅速地分開，然後陳育葳歪頭，找到接住她正確的位置。

生活仍然是生活，卻飛揚地不像生活。

陳育葳會帶著她的數學講義與晚餐推開玻璃門，恰如其分地在倒數第二個人離開辦公室後接上，共用一個夜晚。

「嗯，我在圖書館，九點回去。」陳育葳會先打給媽媽報備，然後一邊吃晚餐一邊抓著腳踝和脖頸遍布的紅點，她說自己練槍時要像雕像，除了手其他部位都不該動彈，每晚都提供蚊子取之不盡。

最後她一頭睡死在翻開的數學講義上。

在那之前，陳育葳總有辦法將方橙的手收藏在臉頰與書頁之間。

「妳到底都在學校做什麼才會這麼累？」

九點，方橙叫醒她，把一片空白的報表闔上，甩甩發麻的左手，聞到自己手上散發出陳育葳的香氣。

她咕噥了一聲，還沒有清醒。

方橙拉著她上機車，替她戴上安全帽。

陳育葳摟住她的腰，靠在她的肩上，方橙能從後照鏡看見她瞇起的眼。

騎了一陣子的機車，陳育葳像是終於感受到安全，開始說，「練槍啊。再三個月就要表演了，一堆東西都沒弄。學姐一直站在樓上看，從教室走廊可以直接看到我們練習的狀況，她總會在結束前走下來，一個一個數，今天總共只有幾個人在努力。她只數給我聽。」

「嗯。」方橙聽著，刻意放慢了機車的速度。

「我真的說過要練習，可是她們就是聽不懂，我說的練習是要把所有人生都砸在上面的練習，不是有空來一兩次就叫做練習啊。」

「所有的人生是什麼意思？」

「中午、放學、假日，學校開著就可以練習。」

「跟我們辦公室一樣讓人畏懼。」

「畏懼嗎。」陳育葳輕聲複述，「我也怕過吧，只是已經忘記那種感覺了。」

方橙沉默了一下，分不清她的話裡是無奈還是驕傲，最後只能這樣安慰她，

「沒關係，妳已經很棒了。」

風從她們之間呼嘯而過。

「防蚊液放在妳書包裡，記得噴喔。」

她沒有再說話，安靜地靠著她，就像真的已經睡著。

那是方橙第一次從陳育葳口中聽見學姐的存在。

方橙終日坐在玻璃窗裡。

藍天被落地窗切割成一片片的帷幕，帷幕被高聳的建築戳破，自然風卻透不進冷氣房裡。

她常常穿上西裝外套走出玻璃門買午餐才發現，今天熱得應該穿比基尼，流出來的汗水匯聚就能成海浪。

她與世界的距離總是隔著一層透明的牆。

起初她不以為意，她身邊所有人都是這樣過活，但陳育葳身上鮮活的汗水忽然讓她想起來這個世界本身是有味道的。

方橙聞了聞自己的手，只有咖哩飯混著廁所洗手乳的人工香氣。

她推開椅子，解開襯衫上的第一顆扣子。

「要出去嗎？晚上還有夕會喔。」隔壁的同事將椅子往後滑了一些，探頭看拎起手提包的方橙。

「晚點還要支援一個保單，先去吃晚餐。」她笑了一下，將高跟鞋和西裝外套留在辦公桌，「掰掰。」

轉過身，嘴角的弧度忍不住上揚，她想著陳育葳驚喜的表情，就好像撬開了玻璃窗的一個小縫，真實順著孔洞填滿冷氣房蒸發的水分。

晚上的操場沒有光。

一群人影低著頭，白色襯衫黑色長褲，方橙找不出陳育葳站在哪裡，她們面目模糊，融合成一個群體。

秋末的天空很晴朗，她們身邊卻縈繞一股風雨欲來的窒息。

第一聲雷響，方橙嚇得手一抖，差點將手機摔到地上。

「妳們一個禮拜只練習幾次？是覺得自己已經做得很好了嗎？」

女孩近乎尖叫的聲音劃破整個操場。

「有練習就要練出成果，沒有成果只是在浪費時間。」

「講過多少次的事為什麼還是記不起來？到底有沒有心要改啊！」

「每一次都只會說『謝謝學姐』，結果呢？道謝完沒有聽進去，還是做得一樣爛。」

爛。

雨滴開始落下來，從人群的馬尾末端，從眼眶。

方橙吸了一口氣，緩和從操場中央蔓延四散的壓抑氛圍。撐到最後一句話她還是忍不住起身離開，想走出校門口等待陳育葳。方橙不想讓她知道自己目睹這一切的發生，她怕她感到難堪。

「回去自己好好反省，下次再讓我看到是這樣的情況，就不用練了。」

「謝謝學姐，學姐再見。」

整齊頹喪的聲音吸引方橙回頭看了一眼。

羞辱結束在荒唐的道謝，然後人群拖踏著沉重的腳步落荒而逃。

有三個人還站在人群散去的中心。

她們忽然就笑了，其中一個人還笑彎了腰，片刻她抬起頭，將手裡的軍禮槍塞給身邊的同伴，揮了揮手，朝方橙跑過來。

烏雲還沒有完全散去。

「妳怎麼來了？」

陳育葳笑著，作勢要撲進方橙的懷中。

「妳好濕。」她抓住她的手。

「罵人很累欸。」陳育葳說。

方橙反覆把錯誤的數字刪掉。

她一抬頭就只能看見螢幕反光中的自己，失焦的報表。

昨天晚上她們吃了學校附近的小火鍋，陳育葳快樂地拉著她繞了學校周圍一圈，最後停在人行道的路燈下。

方橙忽然按住她的肩。

「這很正常。」陳育葳笑了，像是安撫。

然後她踮起腳尖，摟住她的脖子，輕輕舔開她的嘴唇。

方橙還是接受了她柔軟的邀請，但她停下來的原因其實是不想被陳育葳發現自己問不出口的困惑。

如果讓她探入，會不會被她嚐出驚疑。

「小橘子，不要再發呆了，經理剛剛在問妳昨天怎麼沒有留下來開會。」麗春經過她身邊，敲了敲她的桌子。

她點頭，表示知道與感謝。

方橙可以感受出那不是善意。但她們都能將對彼此的厭惡轉化為微笑，笑不出來的時候，至少也要抬頭挺胸地離開，用高跟鞋為自己敲出壯烈的安魂曲。

而陳育葳說，爛。

熱浪透過玻璃窗的縫鑽進來，方橙感覺自己在冒汗，絲襪底下一片濕滑。

今天來得比較晚。方橙在校門口遲遲等不到警衛離開崗位。

操場已經沒有人，從玄關就能看見拿著槍的影子被拖得很長。她走近細看，發現陳育葳站在最靠近玄關的草皮，就著慘白的燈光將槍往空中拋。

她一個人站在那裡，身邊有一盆花。

方橙沒有再走近，夜裡的學校很安靜，她慢慢聽見陳育葳的脈搏，跳得那麼決絕。

槍離開她的手，青筋和肌肉同時跳起。一滴汗飛濺到葉子上，順著花梗緩緩往下流，滲入泥土。

槍與槍背帶在空氣中摩擦，她閉上眼睛聽，唰啦唰啦，數著槍轉了幾圈，然後啪一聲落在陳育葳手上。

她會停下來，微微喘息。

然後用力直起身體，夾緊雙膝，把肩胛骨向後壓到極限，筋骨發出一聲哀號，再次將槍往空中拋。

她的身體組成一首迴環往復的詩歌。

終點緊接著起點。

「學姐好。」

詩歌的句號猝不及防，方橙稍稍移動，才發現自己的腳站麻了。

「嗯。」

從她的角度只能看見綁起馬尾的背影。

「她們都回去了喔？」

「對，謝謝學姐。」

「妳有吃晚餐嗎？」

沉默了片刻，陳育葳小心翼翼地回應，「沒有，謝謝學姐。」

「那給妳，黑巧克力口味的。」窸窸窣窣，是紙袋摩擦的聲音。

「謝謝學姐。」

「先不要謝謝……好，算了。」她聽起來有點懊惱，「我那天對妳好兇，我不是故意的，妳們其實也沒有做得那麼不好，也不是啦，其實真的滿差的，但不是妳做得差。」

斷斷續續，方橙聽見陌生的聲音用力吞了一口口水，不停摩擦雙手。

「該練那麼晚的人不是妳，妳現在是分隊長，不是只有把自己的事做好就好，表演是大家一起完成的，妳一個人在這裡被蚊子叮……」她突然停下來，拉開書包的拉鍊，一陣翻找，「妳是不是又沒噴防蚊液了？」

蓋子被打開，噴霧灑在陳育葳身上，手掌輕輕拍開她的臉頰與脖頸，將防蚊液抹勻。

「妳不要裝可憐，我不會同情妳。」然後是手指戳上額頭的聲響。

十月的風，方橙無端發冷。

「但我都有看見。」

學姐輕聲說，滴滴答答，板鞋敲上紅磚道，走回圖書館。

方橙聽見眼淚掉進泥土的聲音，學姐轉身的同時，陳育葳就哭了。滴滴答答，她把槍靠在一邊，扶著冰涼的石製花盆哭起來。起初只有眼淚，直到學姐腳步聲完全消失以後，陳育葳開始發出嗚咽。她咬著嘴唇哭，含糊地複述剛才聽見的話。

操場太安靜了，虔誠擲地有聲。

「黑巧克力口味的。」

「妳是不是又沒噴防蚊液了？」

「但我都有看見。」

陳育葳捂著嘴巴痛哭失聲。

她用力抓住自己左胸口的紅槓，想把繡線撕下來，塞進嘴裡堵住哀號一般的用力。

她哭泣的喘息和練槍的頻率一模一樣，都積累了全身的力氣。

在淚水中拚命換氣，最後陳育葳癱坐在草地上，頭靠著花盆，眨掉睫毛上殘存的淚珠。

方橙探出頭，看見她雙手交疊放在自己的脖子上。

「學姐摸我。」

陳育葳喃喃自語，嘴角是笑意。

方橙躺在床上，輾轉不能成眠。她最後走了，看著陳育葳的背影也消失在紅磚道的盡頭後，她才發現自己其實沒有理由出現在這裡。陳育葳說過星期二晚上她沒有空。

離開前匆匆避開經理的視線，方橙忘了換鞋子，高跟鞋在玄關大理石地板的聲音讓她感到心虛。她像是個入侵者，陳育葳卻能自在地睡在她的辦公室。

方橙為她敞開大門，儘管沒有鑰匙。

而她小心翼翼擠出自己的玻璃帷幕，卻發現仍然困在新的一層玻璃罩之下，她在陳育葳的世界總是觀眾。

方橙最後起身打了通電話給她的女孩。

「睡著了？」

「嗯……」

「數學講義還沒寫完？」

「想睡覺。」

「今天練槍練很晚嗎？」方橙忍不住問。

「學姐今天稱讚我沒有做得很差！」陳育葳的聲音亮了一些，「好爽喔，她只要沒有罵我，我就覺得自己好像還不錯了。」

「問妳喔，」

她脫口而出，還沒有想到該怎麼包裝橫衝直撞的疑問。

「嗯，問快點，不然我可能會睡著。」陳育葳打了一個哈欠，話筒彷彿瞬間又被瞌睡蟲占領。

「妳學姐，呃我是說妳的學姐們不只是妳的學姐，也是啦。」方橙深深吸了一口氣，「她為什麼要那樣對妳啊？」

「怎樣？」她聽不懂，又打了一個哈欠。

「呃我換個問法，她對妳，也像妳對妳的學妹那麼兇嗎？」

「嗯啊。」

陳育葳很快應了，然後就剩下綿長的呼吸聲。

學姐之於她，她之於學妹，方橙想問的其實是為什麼。

然而這對陳育葳而言是一個不需思考的問題，反射性地回答完便可以入睡。

「穆姐找妳。」

方橙被隔壁的同事推醒，才發現自己拿著便當的筷子就睡著了。

昨晚她沒有掛上電話，她趴在床沿聽她的呼吸聲，想像自己能順著陳育葳換氣的縫隙，流入她的生活。她好想看見所有枝微末節，在學姐的手撫上陳育葳的臉頰之前，她如何從一個人硬生生被拆解成碎片，再重組成現在邊哭邊笑還感到心滿意足的女孩。

那些學妹現在看見陳育葳還是嚇得瞬間失去所有顏色。

而在陳育葳獨自一人與槍時，總翻出結痂底下柔軟的新肉，一遍一遍細數傷痕，確認那是愛。

直到另一端的鬧鐘聲驚醒她，方橙才終於承認自己看不見。

「謝了。」她用力眨了眨眼睛，極力克制自己伸手揉花眼妝。

穆郁青的辦公室在走廊的另一端。

高跟鞋敲擊地板的聲響被地毯吸收，漏出來的聲音很少，她數著步伐確認自己正在前進。

方橙開始習慣踮起腳一整天的感覺。腳尖先著地，用小腿的力氣把身體的重量卸掉，再將尚未完全著地的鞋跟從地毯中拔起。輕輕地滑過一條長廊，辦公室裡充滿疲憊，她害怕喚醒任何野獸。

她敲開玻璃門。

迎面而來是一疊文件夾。

穆郁青在她面前把文件摔在桌上，用力過猛，幾張保單飄出來，飛到方橙面前。她知道她不是故意地，只是有一點憤怒。

而她有資格生氣。

襄理穆郁青。她盯著桌上立著的銅金色的名牌，眨了一下眼睛。

「為什麼這個不能保？」

方橙彎腰，撿起她註記過紅字的保單，走到穆郁青桌邊。她知道這個問題其實不需要回應，白紙紅字寫得清楚，穆郁青只是想用嘴巴再問她一遍。

「我不想聽那些藉口，業務部拉得半死，妳幾句話就把生意推掉，妳要我怎麼跟他們解釋？」

「客人說想要再打八折，隔壁光是報價就比我們便宜，還不算折扣。」穆郁青仰頭看著她，撐著桌子慢慢站起來，「你們報什麼價給我們，我們就去拉。結果拉回來核保還要扯我們後腿。」

「我不想要看到這個結果，妳拿回去重批。」

方橙盯著自己的鞋尖，輕聲說，「穆姐，這是經理蓋過章的。」

穆郁青抽出文件的手一頓，「我叫妳拿回去改，我還叫不動妳們經理。」

加油差一點脫口而出。方橙撿起散落一地的保單，胡亂塞進幾本文件夾之間，離開之前重重抬起手，輕輕將門帶上，一點聲音也沒有發出。

抱著一疊文件的姿態叫做戰敗。

方橙走回位置的路上，都在展示這件事，深棕色的名牌別在胸前，黯淡無光，專員方橙。

「又被退喔？」

同事替她拉開旋轉椅。

「對啊，她還叫我走過去拿，現在整個核保部跟業務部都知道了喔。」

「她就不敢對經理大呼小叫。」

「就像我沒種跟她說尊重老娘的專業一樣。」方橙扯出一個無力的笑容。塞進那套淺灰色套裝的人，都會長成相同的樣貌。

她回頭，看著坐在另一間玻璃辦公室內，只管笑著蓋下印章的女人。

方橙點起一根菸。

噴在無菸校園的標示上，盯著標語輕輕笑起來。這是她唯一能挑戰的權威。

現在她已經知道如何趁著警衛不注意時偷偷溜進來。而陳育葳越練越晚，她口袋累積的菸頭就越來越多。

「槍撐好。」

歇斯底里的聲音繞過整個操場竄進她的耳朵。方橙微微皺起眉，理所當然的命令她聽來覺得刺耳。儘管已經離得很遠，還是避不開那些聲音。

女孩們用盡全身的力氣在責備彼此。

「手打直！」

她看到模糊的人影在走，停在一群雕像身邊，用力地拍了其中一隻手。

「手打直，不要連這種要求都做不到！」

啪。清脆的聲音大概能拍碎一隻蚊子，和一顆用力換氣的心。

她閉上眼睛，軍禮槍先來後到的差錯在耳中不斷被放大，她知道自己沒有動，卻感覺逐漸被拉進操場中央。

為什麼不要離開呢？方橙想問。

定格在一個痛苦的姿勢，將手斜撐成四十五度角和她彎下腰撿拾一樣羞辱。她們將自己打開，自願留在最壞的瞬間。

沒有勇氣轉頭，就不可以喊痛。

啪。手上的菸頭被拍掉。

方橙感覺自己被濕潤包覆，然後是一陣刺痛。

「不會痛嗎？」陳育葳的聲音有些啞，方橙知道她剛結束了大吼大叫。

她抬眼看著她，不明就裡卻想點頭。

「都燒到手了。」陳育葳將她的手指拿出自己的嘴巴，「去沖水，不然等一下會起水泡。」

「妳剛含我，不怕被學妹看到？」

方橙任由她牽著，忽然偷偷地笑起來。

「不要管她們，她們才該怕我。」

「菸味苦嗎？」方橙輕聲問，抬手想摸摸她的頭。

陳育葳卻忽然放開她的手。

「學姐好。」

陳育葳閃身的速度很快，一下子就拉開兩步的距離。方橙看著她的背影，再看前面的女孩，她終於看清楚學姐的正臉。

「妳姐喔？」

「……對，謝謝學姐。」

學姐對方橙笑了一下，「不好意思耽誤一下妳們的時間。」

她小跑步到一旁的草皮，還沒有說話或動作，陳育葳便緊跟上去。

「妳媽生氣妳在學校待太晚嗎？派妳姐要把妳抓回家了喔。」

「學姐不好意思，沒有，我、我姐只是想過來看我在幹嘛。」

她們盡力壓低音量，陳育葳使用過度的喉嚨只能發出斷斷續續的氣音，卻仍然和學姐一同掩蓋全被方橙聽見的對話。

「結束就早點回家，如果媽媽生氣記得趕快跟她道歉，不要吵架。快要表演了，妳不能被禁足。」學姐說，對於應付家長的怒氣駕輕就熟，「真的有什麼緊急狀況給媽媽我的電話也沒關係，知道嗎？」

「知道，謝謝學姐。」

陳育葳低著頭。

學姐轉回頭看了方橙一眼，像在思考什麼。

「欸陳育葳。」她說。

她反射性地抬起頭。

然後學姐笑了，她的酒窩一閃，隨即轉頭跑開。臨走前學姐不忘對方橙點頭致意，馬尾晃向圖書館的方向。

陳育葳瞬間熟透了。

方橙走近一看，耳後、脖子、臉頰還有眼眶，全是紅的。

「涼掉了。」

陳育葳說。她們坐在圍牆後的小徑上，躲避巡邏的手電筒，十點過後，警衛會將鐵門拉下來。

「我太早買了。」

「是我練太晚。」她搖了搖頭，仍捧著紅豆餅，像在探尋餘溫。

「妳知道妳這樣很壞嗎？」方橙踢掉高跟鞋，轉身捧住陳育葳的臉。

她搖頭，然後又點點頭。最後將臉埋進她的手掌心。

「先發制人。」方橙捏住她的鼻子。

手電筒的白光忽然晃過她們面前的牆，戴著帽子的投影被拉得好長，她們一瞬間安靜下來。

沒有再說話，也不敢說話。陳育葳靠著牆，不小心積出一攤水窪，她試著給方橙一個微笑，但她失敗了，抽動的嘴角只洩露出她無力的哭聲。

方橙輕笑了一聲，抬手掩住她的嘴，另一手用力將她拉離牆壁，摟著陳育葳，吃掉所有眼淚。她的唇滑過她的頰，接住所有悲傷的痕跡。

「不要哭。」她用氣音說，貼著她的耳朵，將她緊緊扣在懷中。

「不要哭。」唇輕輕越過臉頰，往下游走，含住另一片唇。

「我小時候的心願，是看到學姐對我笑。」

一片漆黑中，陳育葳帶著濃濃的鼻音開口。

「嗯。」方橙鼓勵地應了一聲，盡力掩飾自己的無措。

「學姐不能對我們笑。我們加入的第一天，她們宣讀規章的時候就告訴我們，學姐不是我們的朋友，也不會是。」

「妳們有規章。」

「紀律與服從。」陳育葳反射性地回答。

「嗯。」

「學姐很兇，連我媽都不會那樣罵我。她一開始罵人，我會覺得很委屈，可是後來已經沒有感覺了。我知道我真的不夠好，後來長大了更知道那停不下來，罵人有時候很愉快，但大部分的時候自己也慌張得不知道何去何從。」

陳育葳拉起方橙的手，放在自己左胸口。

「這是槓，我現在有兩條，代表我二年級。我和學姐永遠差一條，等到我們都集滿三條槓的時候，就是我們沒有關係的時候。妳懂嗎？」

方橙點頭，她真的明白，銅金色和深棕色名牌的差距。

「我剛繡上二槓的時候，跟自己約定好，以後不管學妹表現得怎麼樣，絕對不能說她們爛。結果第一個月，我就說了。小時候我聽到『爛』，回去教室我就會趴在桌上哭掉整個午休。」

「小時候是多小？」方橙忍不住問。

「一年級。」

「妳現在二年級。」

「對，現在這裡就是我的一輩子。」陳育葳說，「我說出爛的時候，沒有天打雷劈山搖地動，甚至連一瞬間的遲疑都沒有，我只是脫口而出，然後發現要成為自己討厭的那種大人，很容易。」

眼淚又滑出來，掉在紅豆餅的奶油餡上，滴滴答答。

「所以我只能喜歡學姐。我多恨她，就要多恨我自己。」

「我停不下來，我停不下來啊。」

方橙抱住她，低頭咬了一口紅豆餅。

然後渡進她的嘴裡。

「妳看，還是甜的，沾了眼淚的奶油餡還是甜的。」她的舌頭輕輕將糖分攤平在她的舌頭之上，「妳還是妳，我親愛的小孩。」

「會痛是一件很棒的事。」方橙將女孩按入懷中，拍著她的背，一下接著一下，「至少妳還知道妳會被傷害卻也能傷人。」

陳育葳看不見她的背後，方橙閉上眼睛，嘴唇接過的淚水就從睫毛的縫隙竄出來。

十一月，方橙迎來新的實習生。

她有時候會在她綁起馬尾的背影中看見陳育葳。

「這疊弄完就可以下班了，業務部四點以後送來的都不要管它，明天再說。」方橙低頭，笑了一下，塞了一個紅豆餅到她手中。

「謝謝方姐。」誠惶誠恐的聲音，她抬起頭時方橙已經走遠。

高跟鞋無聲地敲過地毯，她不會再換回平底鞋了。其實站得高一點也很好，能看到遠一點以後的事。

她總是買兩個紅豆餅，奶油餡。

「妳幹嘛對她那麼好？明天穆郁青又要大呼小叫。」同事轉頭過來，想要一口點心。

「她沒有辦公室鑰匙，待那麼晚加班很餓欸。」方橙將她推了回去，「妳又不是沒餓過。」

「媳婦熬成婆才最懂得要怎麼訓練一個好媳婦。」

「可是真的很餓。」方橙喃喃唸了一句，打開電腦螢幕。

「什麼？」同事沒聽見，拎起皮包準備下班，又轉頭回來問。

「掰掰。」

她瞇起眼，看清楚方橙桌上是她從實習生那裡抱回來的一疊報表，「她才不知道妳對她特別好。」

「還好吧，我做起來本來就比較快啊。」方橙朝她揮了揮手。

「妳知道為什麼小吳做起來總是慢嗎？」

方橙沒有回答，隔間的材質是玻璃，百葉窗沒有拉下來的時候，所有人都看得見誰被欽點。她盡量控制自己盯著自己桌上的便條紙，不要看向更遠的地方。實習生的位置放著星巴克的紙袋，經理桌上有一杯咖啡和三明治，是早餐。

「因為妳都幫她把事情做完了。」經理說，推了推眼鏡，「方橙，妳這樣小吳不會進步，妳剛進來的時候麗春怎麼帶妳，妳就怎麼帶小吳。這樣不是很好嗎?妳看妳現在還有餘力攬別人的活，學得多好。」

方橙想說話，卻被經理抬手拿起咖啡的動作堵住。

「經理不是不喝咖啡？」

「對呀，小吳給的，說是多買了一杯。」經理笑了，「妳拿去吧。」

「我知道了，謝謝經理。」

方橙帶上玻璃門時，看見實習生從走廊另一側的隔間走出來。

實習生看著她手上的咖啡，她看著她懷裡散亂的報表，她們注視著對方往彼此的方向走。兩人的座位在走廊中段，擦肩而過，方橙很難不注意到實習生通紅的眼眶。

「早安，好婆婆。」同事替方橙拉開旋轉椅。

她翻了一個白眼。

「她一早就去進貢的星巴克最後竟然在妳手中，經理果然才是老巫婆，她剛才看妳的眼神應該就是想把妳生吞活剝吧？」

「閉嘴啦，經理就說她會胃食道逆流啊。」

「好啦至少兩邊都幫妳出了一口氣。」同事笑，沒有壓低音量，「她進貢完就被穆郁青叫進去罵哭了，把報表丟在她臉上，問她有沒有讀過大學？」

「臉上喔！穆郁青應該也嚇到了，實習生還不知道要躲。」

同事幸災樂禍地替方橙轉播還待在經理辦公室時的精彩實況。

方橙整理桌面的手一個用力，不小心將貼在檔板上的便條紙撕破。

她沉默了一下，只說得出這句話，「難怪她會哭。」

「遲早都會哭的，妳對她好，反而像在陷害她。」

方橙低頭看了紙條，發現不是備忘錄。

不要死掉。她隨手寫給陳育葳的鼓勵，卻忘了貼在她的數學講義上。

不要。

死掉。

現在看來就是她與實習生。

方橙放了兩顆口香糖到口中。

咖啡因和尼古丁混在一起的效果太強，她藉著咀嚼來轉移過重的心跳聲。

她摸了摸口袋，發現菸盒空了。操場也空了，陳育葳卻遲遲沒有出現。

方橙坐在她走到校門口的必經之路，抽完整包菸。

閉上眼睛再張開，她撥亂自己的瀏海，站起身張望。

只剩轉角的樓梯口有一對人影。

馬尾很熟悉，她皺起眉，認出那是陳育葳的學姐。

她在摸她的後腦勺。指腹滑過髮根，像掠過草皮，芽從指縫間竄出。

方橙聽見自己的心跳聲。

「好短喔。」

「……謝謝學姐。」

「妳竟然真的跑去剪了。」

她低著頭，方橙看見陳育葳的後頸，她喜歡撩起她的馬尾，聞那裡的味道。

「妳媽不會生氣嗎？」

「學姐不好意思，我不知道。」

「妳姐？」

陳育葳飛快搖了搖頭。

「呃我是說，那是妳姐嗎？」

「不是。」方橙走上前，拉住陳育葳的手離開。

她手中的人不忘回頭說，「學姐再見。」

她們坐在人行道的長椅，路燈閃爍，方橙面對她的背側。

她看著陳育葳被剃刀推過的後腦勺，伸手探進口袋，罵了一聲髒話。

「陳育葳，什麼意思？」

「我剪頭髮了。」她下意識伸手，想要撥齊瀏海，隨即尷尬地放下，「今天翹課去的。」

「為什麼？」

「想剪啊。」

「為什麼？」方橙數著心跳，轟隆作響蓋過自己的聲音，她沒有察覺自己再問了一次。

「學姐昨天說，她覺得我應該很適合短頭髮。」

「短頭髮？」

「男生頭。」

「我好累。」方橙用力咬住口香糖，用舌尖將它壓平，「妳知道我花了多大的力氣用剛才那三個字取代幹你娘嗎？要不是明天我真的會見到妳媽。」

然後她笑了，「妳是不是不懂我在生什麼氣？」

陳育葳沒有說話，她很慢很慢地搖頭。

「我要看到幾次，妳才要親口跟我說，妳的喜歡不只是崇拜，是希望她摸妳，希望妳也變成她喜歡的樣子的喜歡？」

陳育葳臉上逐漸浮現出難堪。方橙原先以為她會對自己的歇斯底里被撞破感到難堪，原來這才是難堪。

「那不一樣。我只是開學姐花。那時候說喜歡，是因為覺得妳聽不懂什麼是開花。」陳育葳摩擦著雙手，「我們都會開花啊，開花就是想要變成學姐喜歡的樣子，想要看到學姐笑，希望我們有一天可以成為讓她驕傲的人……」

她說著，竟微微哽咽。方橙忍不住打掉她的手。那是學姐的習慣。

「我女朋友說想要看見另一個女的笑，我才該哭吧？」她指著自己空蕩蕩的眼眶。

「妳不懂啦。」

陳育葳吼。

「對，我不懂。我只能從妳對妳學妹們的態度猜出，從前妳也該是那樣被對待。妳明明就知道會痛，很痛……」方橙腦中浮現刷過臉的報表，「可是妳寧願成為一樣沒有靈魂的人，然後用喜歡包裝妳認同這樣的傷害。妳說妳停不下來根本只是偽善的疼痛。妳哭什麼？妳有試圖反抗嗎？我說的反抗是反抗妳臣服於妳的權力，停止去想妳其實可以好好對人。」

「幹。」陳育葳突然哭了。她指著自己制服襯衫上的口袋，那兩條紅槓。

「妳知道在我們遇見之前，這裡只有一條槓。我的小拇指骨折一次，骨裂一次，眉毛縫過五針，可是都沒有學姐罵我們罵到哭出來痛。她轉身的時候，我真的不知道，她會不會再回頭。」

「罵人也會痛，很痛。」陳育葳說，聲音發顫。

「妳覺得我還是挑了一種最輕鬆的方式對嗎？妳試過溫柔相待卻一敗塗地，最後身邊的人假裝憐憫其實是在嘲諷妳，異想天開只是為了換取自己的美名嗎？最痛的是，我才知道失敗原來會痛。我以前是那麼恨學姐。她們也會痛。」

失敗會痛。方橙突然感覺自己所有力氣被抽空。

否則菸盒不會空，一杯咖啡不至於讓她心悸，太重了，失敗的負重每跳一次，就必須漏出一點什麼才有辦法繼續運作。

方橙看著陳育葳通紅的眼眶，忽然慶幸裡面沒有恨意，只是悲傷。針鋒相對過後，兩人空洞的喘氣被放得好大。

她數著陳育葳的呼吸，看她聳起的肩膀慢慢垂下來。

「對不起。對不起，我只是好累。」

她從背後抱住她。不管女孩彆扭地想要掙脫。

「我不該猜，在我看見之前，那個我還不認識的妳。」

方橙用力攬著她，感覺心從自己的胸口跳進她的體內。

路燈忽然熄了。

陳育葳抬眼，淚還卡在眼眶邊緣，倔強地不肯掉下來。

方橙伸手替她擦掉。然後她摀住陳育葳的眼睛。

「但妳是不是其實有一點喜歡她？」

她感覺到潮濕的睫毛在顫抖，焦慮地來回摩擦她的手心，掌紋慢慢被淚水填充成一條小河。

「我不知道。我也喜歡妳呀。」

陳育葳轉過頭抱住方橙大哭起來。

她的紅槓卡在她胸前，方橙恍然覺得，或許她只能做她的觀眾。永遠想探尋她的過往，卻有一片玻璃橫亙在她們之間，她稱呼它為時間，陳育葳則說是槓。

路燈一閃，橘黃又重新亮起，混著玄關慘白的燈光，將她們的影子拉得好長。

影子的盡頭，她們的面容交疊在一起。

就像能順著彼此的身體走回原點，她們也曾在同樣的燈光下，共用一點溫暖，將之妥善收存。

該打開瓶蓋了。方橙想。

「可是我還是想保護妳，直到妳清楚自己在哪裡為止。世界的光有時候太亮，照得我們無所遁形，可是當妳面對著光，我就能從背影指認出妳的位置。」

方橙把紅豆餅交到她手中。

「妳說這裡是妳的人生，而妳只是我人生的一部分。用看得終究不夠清楚，但如果妳說妳痛，我願意試著理解，我們沒有一起走過的路，是妳的汪洋。」

方橙沒有想過自己可以光明正大踏入高中校門，這次警衛站在門口，興高采烈地指揮交通，歡迎大家入內。

是個大晴天，陽光好像能把所有潛伏的淚水都蒸發。

跟著沸騰的人聲，還沒太靠近操場，她就被擠進圍觀的人潮中。艷紅與寶藍交織的軍禮服，這才是她們想被看見的一面，即使每個驕傲自信的笑容背後，都哭喪著臉撐過好幾個月的無望，但現在她們都在這裡，一起笑。那也是成果的一部分。

「高雄市立高雄女子高級中學，儀隊長報告，樂儀隊聯合表演，表演開始。」所有人都還來不及拍手，就有一群興奮的聲音搶先開了場，「一、二、三。」

「學妹不要怕，學姐在這裡！」

方橙轉過頭，看見身旁的女孩笑得驕傲。她應該也曾經待在操場上，在連路燈都照不亮的夜晚，罵哭一顆顆疲憊的心。而今天她搶在最靠近操場的位置，看著曾經跟在自己身後的小孩，學會獨立發光。

是這樣的力量支撐著她們長出一股無以名狀的意志，讓每個動作都整齊劃一。在這一刻愛與恨或傷害，忽然淡去色彩。

陳育葳說，她小時候的心願是看見學姐笑。

所以她們得以不需修復，仍能負傷向前。悶著頭勇往直前，表演的日子就會抵達。學姐就會笑。

她不知道該怎麼形容，所有人同時將槍往空中拋，全然相信自己的美麗。她們與太陽一起，讓整片草皮閃耀。

「旗隊腿好長！」

「鄭采茹好正！」

此起彼落的尖叫聲，方橙好奇在表演場上的那些人是否真的能聽見，但不管如何，她們仍願意扯開喉嚨，一次一次地說，我們看見妳最好的一面。

她也想告訴陳育葳，她看到了。

她總看著陳育葳的背面，而現在，她站在她正前方。

陳育葳的衣服與其他人有一點不一樣。一群穿著不一樣衣服的女孩，踏著整齊的步伐，走上操場最前端。

數到三，如果她剛好把槍拋上空中，她就開口。

一。

二。

她抬起眼了，即使帽沿微微遮住了她的輪廓，方橙還是確切感受到，那雙纖長的睫毛正對著自己。她忽然相信，三秒不是巧合，她們在紅槓之間遊走追趕錯過，最後終於在對的時候遇見彼此。

從前可以，現在仍然。

「陳育葳，我喜歡妳。」

方橙用力喊，她感覺自己的聲音震破了玻璃，第一次呼吸到操場的空氣。甜甜的，還有一點鹹，細細收進鼻腔，是奶油的味道。

世界的光有時候太亮，照得我們無所遁形，
可是當你面對著光，
我就能從背影指認出你的位置。

貓不見了

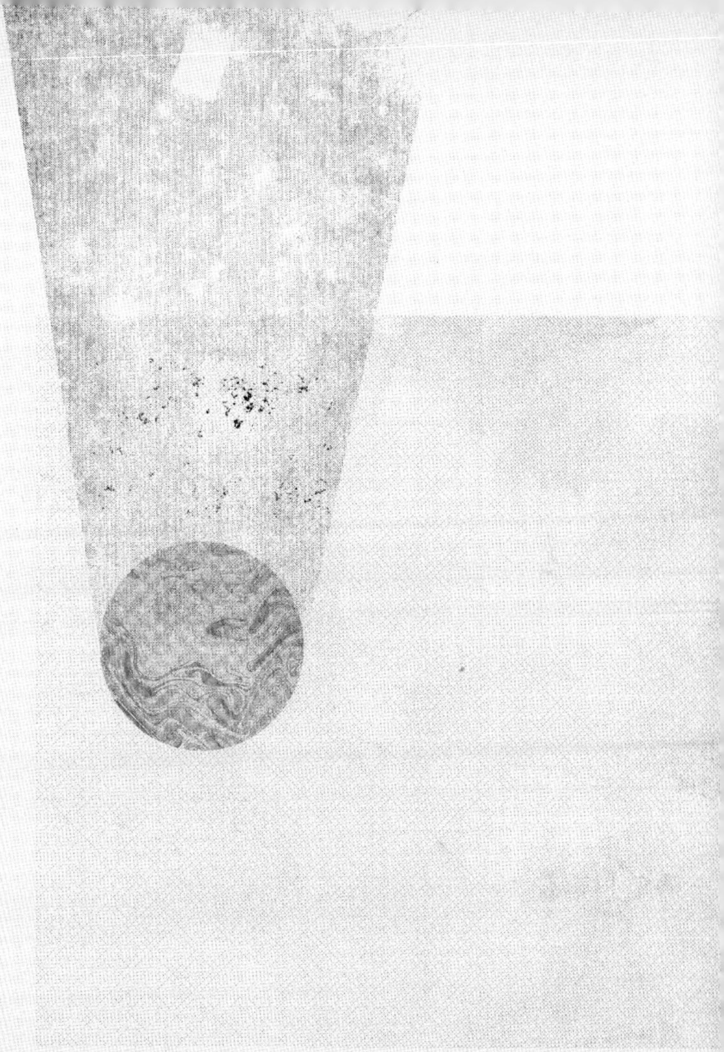

這是他一路上不停在想的問題，
穿過每一個隧道，
他都以為答案會跟光一起出現。

〇

鄭如又被俄羅斯方塊困住。

有一天它們闖進來，在她的腦袋開闢了一個角落，就此定居。只要一停止思考它們就會開始從上面往下掉。

桃紅色、草綠色、土橘色、深紫色，她最喜歡水藍色的長條方塊。從最左邊開始，把所有空格填滿。每一個落下的方塊都是她想要的形狀，凸起的角能剛好填滿落空的洞，她不斷補齊缺口，就能迎來新的凹凸不平。沒有時限，沒有天花板，沒有缺口對缺口，凸角對凸角的遺憾。遊戲因此不會結束。

閉上眼睛，方塊就會隨著心跳的頻率落下。她還找不到暫停。

消去三行方塊發出一道閃光，門縫下透出五光十色，鄭如站在門前忽然忘記自己為什麼還沒有轉開門把。

她只是站在那裡玩了一陣子的俄羅斯方塊。

一推開門鄭如就聞到濃濃的酒精味，像停在加油站時會自主熄火一般，她放低了音量，深怕一不小心引爆現場。

不想再喝醉。她想起來自己的困擾。

跨過模糊的人影，繞開蠕動著想要給她一個擁抱的身體，鄭如終於坐到熟悉的人身邊。

「你們喝好多。」她說，必須貼在她耳朵旁邊，才能確保她聽見自己的聲音，「我只是來找妳拿充電器的，等一下就要走了。」

眼皮微闔的人忽然用力撐開眼睛，勾住鄭如的脖子，親了她的臉頰一下，「明天要不要一起來玩！」

「欸，這款唇釉很難卸。」

鄭如想推開她，但酒精把一切放得太大，所有人都轉頭來看她們。眾人失焦的視線出現一個清醒的人。

鄭如皺了一下眉。

嘈雜的聲響忽然淨空了片刻，然後是酒瓶卡在一起的聲響，不帶醉意的語句是上游，眾人像鮭魚準備逆流而上，爭先恐後搶好一個預備位置。

「妳來了！」第一條鮭魚跳了上來。

抱住朝她撞了個滿懷的人，鄭如接過她塞到自己手中的玻璃酒瓶，喝了一口才發現裡面混了很多琴酒。

鄭如翻了一個白眼，摸摸她的頭，阻止她再靠近自己，「聖誕快樂。」

「今天才平安夜而已啦。」她笑著倒在鄭如肩上。

「你們喝成這樣很不平安。」

呼吸時她的氣息會掃過鄭如的耳垂下緣，熱燙黏膩帶有腐敗的味道。鄭如可以推測她剛吐過一些鹹酥雞。

「可是是應該要慶祝的日子啊。」她敲了一下鄭如的酒瓶，仰頭自己喝下一大口，「可以遇見你們真的好開心，聖誕禮物，我要把你們全部都收下。」

「誰？」

「大家啊。」

鄭如抬眼掃了一圈，小小的房間沒有開燈，角落放了幾支手機，開著手電筒套在顏色不同的寶特瓶上，濃稠的顏色在流動，讓她更加無法辨認平常就面目模糊的同學。

他們稱不上朋友，只是偶爾在必修教室上過同一堂課。遑論開心。

「真的很開心。」鄭如往後坐了一點，避開她搖搖晃晃起身時，身體再度擦撞到她。

然後她會迎來下一個很開心的同學，有時候他們不會知道彼此叫什麼名字，他們只需要知道節慶的名稱，就能找到失序以及熱愛生活的理由。

清空第三個酒瓶，她滑開斷斷續續震動的手機。

「好玩嗎？」

鄭如看著螢幕上的亮光，忽然就笑出來了。

「不好玩。」

「怎麼了？」

「無聊的人被酒精淹沒也只會變成無聊的死人。」

「那我去接妳？」

鄭如想著他的味道，恍惚之間就點了頭，才發現他看不見。

耽溺於安穩的美好或起身對抗現實的寒冷，這是鄭如最近的人生課題。只有在選擇的瞬間，她能再次確認自己還有擁有決定和一床棉被。她能抓緊的所有物都在懷中了。

就是現在。鬧鐘在耳邊尖叫。奮起或失敗。

出門前要不要化妝？化妝前要不要洗澡？昨晚有沒有洗澡？洗澡要不要洗頭？洗頭還是洗瀏海？

在那之前，所有的選擇之前，她總是無法選擇掀開棉被。

天氣太冷，就是所有現實寒冷的總和；被窩太暖，就是她願意耽誤人生的美好。少女的煩惱，從來就不是獨立統一民法專法中華台北中國台灣，是A-與B+或大A與小B。不上不下，庸俗短視，低頭就不斷遇見。

鄭如按了兩下手機，發現它持續發出細碎的聲音。

是鈴聲不是鬧鐘。十二點零五，百葉窗外的天色全暗，鄭如原本以為吃完午餐剛好可以去上下午第一堂課。

「嗯？」

「妳在哪？」

「宿舍。」

鄭如盡力用簡短的句子創造思考空間。

「妳還在化妝喔？」

「沒啊，太冷了，不想卸妝。」

「那妳趕快過來吧，捷運快關了。」

「欸等等……」她深吸了一口氣，「要去哪裡？我們到底約幾點？有誰？還有，今天星期幾？」

「星期三。我們約夜唱啊，十一點半捷運站。」

「啊幹社甲作業。」她猛然從床上坐起，手往後一甩想要把手機放回床頭櫃，卻忘記自己下意識換回左手講電話。匡噹。床頭櫃在右邊。

手機在床下，鄭如睡上鋪。

「幹。」

鄭如的手掌用力砸在臉上，鼻頭抽了抽，她吸一口自己，酒精混著粉底液的味道。從前沿著她掌紋舔的人總說，她聞起來像嬰兒，乳香味讓一切都回到原初的狀態。

「幹。」

桃紅色的方塊是一個凸字形，它矗立在整齊相扣的俄羅斯方塊之上。

一天又開始，方塊不停往下掉。

偏差行為。這週社會學的課程主題。

鄭如對著空白的檔案發呆，思考早該交出來的作業。

她還記得前一天討論課的同學們說了什麼。

喝酒、抽菸、約炮。她看見角落的男生換了幾次撐住臉頰的手。

你們覺得這些算是偏差行為嗎？女同學問，然後大家連忙搖頭，深怕自己遲了一點都被當作是猶疑。

那時候鄭如只說得出上課睡覺和沒交作業。作業遲交一天會被扣三個等第的分數。

喵。

而現在鄭如試圖向自己的腦袋叩門，就會在掉落的方塊之間看見一隻貓。

討論課下課是晚上七點半，飄著細雨，她外帶十顆水餃在走去劇場的路上將它吃完。

那是一齣平庸的戲，鄭如在中途鋪陳情緒的空白處睡著了幾次。

唯一的高潮是男主角殺了貓。

「喔，親愛的，親愛的翡翠，」他平鋪直敘地說，「我是多麼愛妳。」

他沒有起伏的聲音讓鄭如昏昏欲睡。

「他們都說，放棄妳就不會痛了。放棄吧，妳是多麼壞的女人。」

「他們甚至不忍心殺死一隻貓，卻能冠冕堂皇地叫我殺死心中的妳。」

「我想讓他們明白，這不及我痛苦的十分之一。」

十分之一。鄭如撐開眼皮時就看見九隻貓的屍體陳列在舞台之上，男主角抽出小刀，用力割開最後一隻貓的脖子。

喵。

牠發出最後一聲尖叫。

血噴了男主角滿頭滿身，觀眾席終於響起真心的掌聲。

他在原地定格了許久，鄭如聽見隔壁的女生說，音效時機配得恰到好處，這是最有力道的一幕。

血漿的顏色調配得很真實，凝結後甚至會微微發黑。謝幕時，鄭如發現男主角金髮上的血跡從鮮紅轉為褐色，像她內褲沾到的經血。

道具注重細節，男主角又長得好看。鄭如為此在回饋單上勾了五分，因為後者暫時忽略劇情和演技的尷尬。

散場後她到廁所換了衛生棉，女生廁所人潮眾多，讓她錯過兩班公車。出來的時候連前台人員都撤場了。

鄭如在垃圾箱旁看見金色的頭髮。原來那不是假髮，男主角換掉戲服了。

她看著他虔誠地將十隻貓疊進垃圾袋中綁好。袋子微微蠕動了一下。

一股寒意從腳底板直衝到鄭如的腦門。

「其實我不會割太深。」男主角轉過來，對著鄭如笑。

「總共有五場演出，要重複利用，今天終於可以讓牠們休息了。」

「常跟貓待在一起，就能學會牠們判斷出哪裡有獵物的技巧唷。開玩笑的，我是說，聽覺也會變靈敏的意思。」他用唸台詞的方式說出這一段話，沒有靈魂的聲音讓鄭如恍然覺得自己是他的女主角。

◐

「欸問你喔，要割哪裡才會讓貓噴血又不死得太快啊？」

「割頸動脈就會噴血了，那邊血壓超高，會有種爆頭的感覺，不過因為會大爆血所以牠很快就死了。」

董呈方回答得很快，看著螢幕上花花綠綠的血管圖，唸出一個長長的單字，「這是頸動脈的意思，我剛好在背欸。」

「喔，你都不會好奇為什麼我要問這個喔？」

「為什麼？」

「我想殺你啊。」

「可是人跟貓的構造滿不一樣的，雖然都有頸動脈，但要掌控人的頸動脈比貓要難上很多。」董呈方沒有抬頭，含糊地唸出另一個單字。
她用力闔上文本，站起來穿上外套，「我去買豆花。」
「好喔，掰掰。」

鄭如摸了摸口袋的菸盒，看見罪惡感原地拔起，蓋住了煩悶。
董呈方，獸醫系四年級，沒有辦法處理文學院女朋友忽然的傷春悲秋，他的世界只有冬天跟夏天，冷與熱，好或壞。
他不抽菸，因為那樣不好。所以他也不准她抽菸。
「抽嗎？」男主角問的時候，鄭如立刻搖頭了。
「不會還是不要？」他完全理解。
「不會。」
「要試試看嗎？」
他敲了敲菸盒，發現只剩下幾根，索性整盒遞給鄭如。
她沒有伸手，不能確定自己如果回應代表了什麼。
「妳可以試，我不會教妳，只是給妳材料。大家的第一口酒都是別人杯子裡的，但菸更衛生，我沒碰過。」

「嗯，可是呃，我不會。」

「google啊。」在她猶疑時，男主角閉上眼，向垃圾箱鞠了一躬，然後他轉過頭向鄭如擺了擺手，「來看下一場戲，成果驗收。」

她看他要走，脫口而出，「什麼時候？」

「妳自己上兩廳院售票系統看一下演員名單，我叫賴宇和。」

直到男主角的腳步聲完全消失，鄭如才意識到，他大可以說出日期或劇名，可是他讓自我介紹和兩廳院掛在一起。

如果是她呢？我叫鄭如，如果的如，也可以說是正如的如，地名大學，文學院，有一個男朋友。

她點起了第一支菸。

鄭如走出圖書館抽出一根，才發現是最後一根菸。她將盒子倒過來確認時，裡面飄出了一張小紙條。

男主角像是大預言家，精準預測她的下一步。紙條上面寫了一串數字，是他的手機號碼，字跡匆忙凌亂，讓鄭如幾乎要相信是因為事發突然，他才來不及寫下任何專屬於自己的字句，而非送出一盒快抽完的菸，是他佈餌的慣例。

鄭如捏緊了那張紙條，想像男主角會說，這是妳勤奮練習的獎勵。

她突然很生氣，用力吸吐之間，仍然忍不住盯著鼻腔偶爾噴出來的一條白煙。那是一條通道，就像努力讀書會通往頂尖大學一樣，她總是一邊自嘲一邊享受這份頭銜。現在也是，一邊害怕一邊興奮，她摸到日常的反面。

鄭如抽完一根菸，在嘴裡放入三顆薄荷糖和一小罐四十毫升的伏特加。

「欸董呈方，」她走進討論室時，因為尼古丁和酒精加乘的作用，感覺眼前的男人特別美好，模糊的輪廓讓她願意再一次撫摸他的臉龐，「今天去你那裡好不好？」

「豆花呢？」董呈方握住她纏繞在自己脖子上的手，輕輕搓了兩下，「幹嘛又跑去喝酒？妳的期末報告咧。」

「寫不出來啊。」她晃了晃薄荷糖的盒子，知道不是菸盒，硬糖撞擊鐵盒發出的聲音不夠溫柔。

「這樣對事情有幫助嗎？」

循循善誘，鄭如恍然覺得睜開眼睛就會看見輔導老師，不想要解決問題，而是想盡辦法希望自己回到教室上課的國中輔導老師。

「對你有幫助啊。」她把手抽出來的瞬間用力過猛，滑到了董呈方的褲襠。他終於闔起筆電，草草把桌上所有文本跟資料都塞進後背包中。牽起鄭如時，董呈方忍不住轉頭親了她一下。

她咬住他的唇，扣留只想旁觀的舌頭，用自己的舌頭輾壓了他的口腔一圈。

「什麼味道？」鄭如抽出唇舌，微微喘氣。

她的左手按住口袋裡的菸盒，想著如果是正確答案，她就會把它丟掉。

「薄荷糖。」

鄭如輕輕笑起來，關上討論室的門，經過一般垃圾和資源回收，把他們妥善地分類了。她易燃，董呈方適合再利用。

星期六的早上，鬧鐘十點響起來，他們十一點還賴在被窩裡。鄭如喜歡看自己的腳指甲油露出棉被，攀在董呈方小腿肚上的樣子。

「好餓喔。」董呈方說，鄭如知道他在撒嬌。

「吃義大利麵好不好？」

「冰箱裡還有雞胸肉跟上次買的紅醬。」

「可是外面的世界好殘忍。」鄭如用棉被蓋住頭，太冷了，她的體感溫度告訴自己現在適合冬眠。

董呈方敲了敲鼓起的棉被，鑽進去親了她的額頭一下。溫熱的唇像熨斗，燙平她所有的念想。

鄭如坐起來，將雙手拔出棉被。

「妳好棒！」

董呈方隨即補上無用的鼓勵。

她小心翼翼地掀開被子，套上一件毛衣。

「成功的一半！」

鄭如的腳尖碰到床板的瞬間就後悔了。她往後倒在他懷裡，「好冷喔。」

「好久沒有吃妳煮的東西了。」

她伸手將他的下巴往下一壓，「吃我就好。」

董呈方輕輕吻了她一口，「只吃我妳才不會飽。」

看著他爬下床，拿了快煮鍋走去裝水的畫面，鄭如想，以後的家要鋪一張地毯，吸納每一步溢出的愛意，她才不會在木頭地板上滑倒。

「欸，我們去找一個家好不好？」

他的聲音聽起來有些遙遠，鄭如情不自禁抬起頭，張望有他的方向。

「我想要給妳一個廚房，妳負責給我每一頓晚餐。」

「你也要給我一台吸塵器，我才能給你一個乾淨的環境。」

「我還要給妳一張雙人床，然後妳就能給我一個胖兒子。」

「可是我比較想養貓，喵。」

「喵？」他說完自己也笑了，「可惜妳是人，而我只養得起貓。」

語畢，他突然站起來，用力地拍手。

一下接著一下，寂寥的掌聲吸引其他迷惘的雙手，集結而成來賓請掌聲鼓勵鼓勵。

「妳不覺得爛透了嗎？我他媽拿到改完的劇本真的很想直接丟在編劇臉上，問他怎麼好意思？怎麼好意思？可惜劇本是寄來的，他從桃園機場用全家店到店送過來，然後直接飛去度蜜月，拿這個爛劇本換來的稿費應該只能去澎湖吧？幹，飛國內線幹嘛去桃園啊？他住高雄欸，直接搭船還比較快。」

「你們編劇真的去澎湖度蜜月？」

「……沒啦我亂講的。」

他們對看一眼，大笑出聲。

笑聲迴盪在空曠的中庭，又是一個看戲看到前台撤場的晚上。

這齣戲男主角總是在笑，眼睛彎彎，搭一座橋歡迎任何看見的人走過來的那一種笑容。

他忽然轉過頭用那雙小橋流水正對著鄭如，「妳準備好了嗎？」

那一瞬間她就失足滑落。

「這樣對嗎？」

「妳覺得開心就是對的呀，這種事情沒有標準答案啦。」

男主角沒有看向鄭如，他閉著眼吐出一口長長的煙，癱軟在沙發上。

她忍不住趁著他看不見的時候偷瞄他側臉，「那你幹嘛驗收？」

「那天說完話，覺得妳可能是一個有趣的人，所以想再見到妳。」

有趣的人。鄭如張了張嘴，啞口無言，慶幸自己被直白擊中的模樣沒有讓他盡收眼底。

「那現在看清楚了，還有趣嗎？」她用力吸了一口菸，才覺得可以找回自己的聲音。

男主角搖了搖頭，「不只有趣，還有很多。」

他自顧自地說下去。

「現在是慶功宴，但我不想去，一群人在熱炒店喝到吐出來的場面，我用想像就覺得夠可悲了，沒辦法忍著反胃從那些面目模糊的人群裡找到自己。有時候我也會害怕，如果拎起一顆趴在馬桶裡的頭，但我手裡拿的不是衛生紙是瑞士刀呢？我都放在我胸前的口袋裡。妳記得上一檔戲吧，劇組其實有做假的貓屍，廢話，要是被貼上虐待動物的標籤，導演就不用再混了。最後一場戲的時候，我終於可以把所有道具都換成貓了，前面幾場我都還沒蒐集到剛好的數量，流浪貓靠北難抓。」

他停止說話的瞬間，只剩下彼此的呼吸，鄭如不自覺加重了每一次吸吐的力道，像在宣示自己的存在和聆聽。

「我想知道他有多痛苦。」他輕聲說。

「你從來沒有試著放棄過一個喜歡的人？」

「愛。」男主角更正，「翡翠是他的愛人。但我不懂愛。」

他捻熄那根菸。

「妳愛過人嗎？」

男主角抬頭看向鄭如，黑色的瞳孔裡剛好裝滿一個完整的她。

「你愛過翡翠，你愛過那個想養貓的智障女人，在我遇見你之前，你應該已經要愛過這個世界一輪了。」

「男主角愛過翡翠，男主角愛過薰宜，她叫薰宜，男主角愛過小輝，更久以前男配角愛過傑克森，男配角還愛過自己的姨母。還有太多人，我有時候會找不到他們。」他突然伸手，抽出放在鄭如胸前口袋的菸盒，「可是我的老師說，演員要是空的，才可以不斷裝進新的人生，不可以沉溺於眼前的幻想，又必須比任何人都相信這不是幻想。愛是沉溺，愛是幻想，我是空菸盒，濕透了就會瓦解。所以，我只能問，妳愛過人嗎？」

她閉上眼，腦中浮現的是沾到血跡的金髮虔誠地低下，為他的求知若渴致上深深的歉意與敬意。

「沒有。我們一樣可惜，賴宇和。」

鄭如掏出他褲袋裡滿滿的一包菸，一根一根放進他手中的盒子裡。

「但下了戲，你依然可以做一個人的主角。」

◐

周末是電影日。

鄭如將衣櫃裡暗色系的寬鬆長衫往後撥，從深處拉出米白色與杏桃色交織的一字領毛衣。

「你要看什麼？」她一邊畫眼線，一邊問筆電螢幕裡的人。

「水行俠。」

「不要漫威啦。」

「那個是ＤＣ的不是漫威。」董呈方說，「這禮拜是我選啊。」

「可是我上禮拜也沒選最想看的。」

「妳自己說片長四個小時太久，我一定會想滑手機，妳不希望我在裡面浪費錢還干擾到別人看電影的品質。」

「嘖。」眼線筆戳得太深，鄭如的眼眶紅了一圈。

董呈方不知道有沒有看見，低頭摸索一番以後，重新開口，「不然蜘蛛人？」

「不要漫威！」

「它原本也是ＤＣ的啊。」

「都一樣是怪力亂神啦。」

鄭如對著鏡子眨了眨眼，低頭換刷具時看見手機螢幕上的訊息。

「妳看過新橋戀人嗎？」

「還沒，但我會去吧。」她放下腮紅，立刻回了，「前幾天藝術史的教授有提到，看完感覺自己也會燒起來，就想看了。」

「星期二有空嗎？我那天出劇場。」

「好哇。」

「那就大黃蜂囉。」董呈方興奮的聲音從遠方抵達。

她還沒反應過來，放下手機才發現嘴巴比手指更快答應，或許是因為它在更靠近心臟的地方，歡喜迫不及待就跑向最近的出口。

「我在妳宿舍樓下等妳喔。」

「待會見。」鄭如匆忙結束視訊，從漆黑的螢幕反射，看見一滴粉紅的眼淚沖開粉底。

「幹，便宜的爛貨。」她小心翼翼抽出衛生紙，調整妝容。

那是董呈方送她的生日禮物，鄭如唯一一盤粉色系的眼影。

「兩張大黃蜂加一個雙人吉拿套餐，巧克力口味的。一杯可樂，一杯零卡可樂去冰。」

「我要咬冰塊。」鄭如戳了戳董呈方的手。

「我的給妳咬。」

「哪裡？」

「先生這樣一共八百六十元，請問刷卡還是付現？」

董呈方收下電影票和找零，默不作聲地走到飲食部。

「妳不要在別人面前那樣說話啦。」

「你會害羞喔？」鄭如攀著他的手臂。

「女生喝太多冰的不好。」他揉了揉她的頭，接過兩杯飲料和爆米花，「妳可以自己拿吉拿棒嗎？」

「我的飲料也給我，你抱太多東西了啦。」

「乖，妳拿吸管就好。」

鄭如默想了一遍董呈方順暢的點餐流程，用巧克力吉拿棒的香氣壓抑不耐煩。他熟悉她的每一個部分，儘管不明就裡，但就像身體肌肉圖一樣，董呈方亦步亦趨地將拉丁文字轉換成反射動作。

走進影廳前，他轉頭對鄭如說。

「妳給我一百九十塊就好，我用我之前買的年票劃位的。」

她愣了一下，突然驚覺看電影需要付費。她已經兩年沒有從男人手中接過票，再給出錢。他們曾經為此吵得不可開交，最後她卻理所當然地吃掉吉拿棒。

她手忙腳亂地翻開後背包，找到皮夾，倒出零錢時不小心把證件灑了一地。

鄭如蹲下身，看自己一片狼藉。每一張證件上的大頭照都在對她微笑。

「慢慢來，還有五分鐘。」

她慶幸男主角沒有想要幫忙收拾的熱心，或者他也明白兩個人就是兩個世界，他只想站在外圍觀望。靠得太近以致於失去邊界，是佞臣般的好夢，醒來才發現一無所有。

信用卡、健保卡、身分證、學生證。她的生活散落一地，攤開來看其實也乏善可陳。

學生證有兩張，她撿起大學的學生證才發現高中的學生證被壓在下面。國中的笑臉貼在高中學生證上，高中的笑臉貼在大學的學生證上。

她曾經以為自己不會成為平庸的人。

眼淚猝不及防地掉下來。

男主角沒有說話，他跟著坐下，自然而然地拿出手機打了一場遊戲。

他們坐在熙來攘往的影廳入口，直到背景音從「兩位裡面請」換成預告片的配樂。

「走吧。」他拍了拍她的頭，自己站起來。

她拿出兩百塊，找回十元，錢包掉落以後的時間，隨眼淚一起被絨毛地毯吸收。男主角沒有提出任何疑問，也沒有幫她撿起任何東西。

鄭如才發現原來自己做得到。

「其實我好累喔，超怕等一下會睡著。」

男主角輕聲說，大螢幕正在播賀歲片的預告，咖啡的餘味混著他嘴裡的口香糖，將鄭如包圍，「我兩天沒睡了，但好不容易有空檔拿來睡覺太浪費。」

「你會過勞死吧。」

男主角笑了，壓低的聲音微啞。像砂紙來回摩擦鄭如的耳膜。

有點癢。

燈暗下來，他們的呼吸聲逐漸調整到同一個頻率。
然後男主角越來越慢，終於在煙火爆炸的時候睡過去。
藉著閃閃爍爍的亮光，鄭如看見男主角的頭晃著晃著，找到一個家。
他靠在鄭如的肩膀上。
她的眼眶一熱，不確定是因為銀幕上的狂吻，或突然明白大藝術家原來也是一個看著愛情文藝片會睡著的凡人。還是因為兩者同時發生。
散場時，男主角問鄭如，他睡著的時候演了什麼。
她說愛。
鄭如其實沒有關注銀幕，她都在看他。
她說的是當下看著男主角睫毛下的陰影，想著要找一張柔軟的床補償那些睡眠不足的感覺。

好想洗澡。

強烈的慾望讓鄭如的腦仁微微發疼，於是她閉上眼睛。眼皮被一片刺眼的白光籠罩，她打開蓮蓬頭，任由溫熱的雨滴落在自己身上。水流在她的身上破開，沿著胸前的凹槽探勘，她低頭就能從乳房的空隙中看見它在游走。

鄭如忽然覺得太亮。

她不需要看得那麼清楚。

伸手關掉電燈，她就著尚未完全褪去的餘光，走回雨中。

指尖是濕的，她甩了甩，儀式性地聊表心意，打火機不肯接受，頻頻滑走。吐出第一口煙時，瞳孔已經適應了只有微光的環境。煙霧繞著火光蜿蜒，再飄得遠一點就會被水蒸氣或黑暗吞沒。她只能看見點燃的部分。

比如她自己。

水氣蒸騰，她慢慢聞到自己的味道，混著菸味，就像勾住他的食指放入自己的口中。她吞了口口水。

她總是笑著說那像烤肉的味道。

從蓮蓬頭噴出的水柱很強，順著脖子往下流之後會越來越溫柔。滴答。鄭如低頭要看，可是只有一片漆黑。是什麼流進排水孔了？拎著火光的手下意識往下移動，想一探究竟。

直到差點燒到自己，她才意識到應該要停下來。

菸快到盡頭，她猛然收回再抽一口。

然後她嘗到自己的味道。

「有人在洗澡嗎？我開燈囉。」

門被敲了兩下，是舍監的聲音。

如夢初醒，鄭如連忙擠出一大坨沐浴乳，胡亂抹在自己身上，用力搓揉讓它們起泡，草莓的味道立刻膨脹，塞滿小小的浴間。

「我在洗澡。」鄭如用力掐住自己的脈搏，希望它冷靜下來，「剛才有人路過不小心把浴室的燈關掉了，謝謝阿姨幫我打開。」

「好的，晚安。」

腳步聲緩緩敲過走廊，舍監阿姨沿途關掉不少虛耗的開關。

鄭如聽到最後一根燈管熄滅的聲音，才放下一直僵在空中的右手。

「幹。」

滿是泡泡的手掌砸到自己臉上，她從層層疊疊的甜膩之中，聞到燒焦與乳香的氣味，合起來是一杯熱牛奶。

她曾經在冬天被細細地捧著，助眠又暖手，他們總是一起睡掉好幾個鬧鐘。如今又找回來。

「幹。」鄭如捂住臉哭了起來。

水還在流，排水口被菸蒂堵住，溫熱慢慢淹過鄭如的腳踝。菸不知道什麼時候從她的指縫滑走，卡在積水中早已熄滅。

「對不起。」她想要把自己製造的垃圾撿起來，手卻不敢伸進積水中，「對不起。」

「對不起。」

她蹲在越升越高的積水當中，不想關水，不肯撿起菸蒂，不願面對最後她還是會站起來一走了之。她只覺得世界的破口被堵住了。

所有下墜終於找到暫停。

鄭如躡手躡腳地走進房間，接近董呈方床位時，她踩到一塊樂高。

隨手將積木轉成適合落下的角度，鄭如終究只是將它放回桌上。爬上床前她看了手機一眼，四點五十分，她還有五個小時可以睡。

小心掀開棉被的一角，不想吵醒睡著的人。她背對他，將自己蜷成一團。

腰猛然被抱住，鄭如發出一聲猝不及防的尖叫。

「怎麼這麼晚回來？」

心跳陡然飆升。

她壓住極力起伏的胸口，忽然疲於給出反應。

「嚇到了喔？」董呈方見她沒有說話，伸手到她的胸前，揉了揉她。

鄭如拍開他的手。

「不要生氣嘛，我只是想嚇妳一下，妳那麼晚回來，我都沒有生氣了。」

鄭如不想回應，弓著身體移出董呈方的懷抱。

一陣沉默，她急促的呼吸聲格外清晰。

片刻董呈方認輸了。

「對不起啦。」他咕噥一聲，翻過身睡了。

他先道歉。鄭如想起今晚自己為什麼遲遲不肯離開，因為男主角用食指繞著她的髮絲旋轉。

新橋戀人、霸王別姬、羅馬、大象席地而坐、邊境奇譚、美麗男孩、波西米亞狂想曲。他每說一部他們一起看過的電影，就繞一圈。

好像戒指。他說。

戴錯手指了。鄭如覺得自己恬不知恥，但所有偏差的指針在男主角面前都會失效。他是磁極。

他從善如流地換了一隻手指，將她的頭髮捲在第二個指節上。

「捍衛生死線？」

「好。」

鄭如還躺在床上，小臂擋著透過百葉窗灑進來的陽光。

「妳最近怎麼這麼好商量？」

「那我跟你商量一件事。」

她盡量讓自己的語氣聽起來隨意一些，像是睡醒靈光乍現的想法，而不是預謀已久的計畫。

「說啊。」

「我最近花太多錢了，電影可不可以暫停一下。」

周末一起住，星期六起床，鄭如會煮一份早午餐，吃完再去看電影。偶爾鄭如太累，懶得在半夜穿越整個校園，抵達男生宿舍，他們也會在下午一起牽手到電影院。

「妳又不用付。」

「對欸。」

鄭如在心中為董呈方的理智鼓掌，她竟習慣了男主角的習慣。

習慣原來不只可以用時間累積。

「妳最近都跟誰看電影啊？」

「之前一起看金馬影展的朋友啊。最近修復超多厲害的大片，不小心就看了太多場。」

「是喔。」董呈方想了想，「那妳還是可以過來，我們一起讀書啊。」

「很遠欸。」

「我去載妳啊。」

「不用啦。」

鄭如暗自希望他不要追問，他不停為他們找尋出路的語氣讓她忍不住厭煩。

「為什麼？」

「就不想啊。」

「妳這樣很壞。」

「如果我好好地說，列點整理一二三四，把他的庸俗寫成一份清單交給他，你覺得有比較溫柔嗎？」

男主角忽然坐直身體，轉頭看向鄭如。

「妳有想過妳為什麼不耐煩嗎？」

風將他指間的煙吹向鄭如的眼睛，她情不自禁地閉上。

再張開時，她也分不清楚那些眼淚來自生理反應或是心裡的愧疚。

「有。」

男主角鼓勵似地將菸遞到鄭如面前。

「因為他很喜歡我。」

「然後呢？」

「可是我也還喜歡他。」

男主角聳了聳肩，點起一根新的菸，表示願聞其詳。

「我以前有一段時間很喜歡玩俄羅斯方塊打發時間。後來不管是醒著還是睡著，只要我沒有全心全意做一件事，那些俄羅斯方塊就會自動出現，開始在我的腦袋排列組合，想辦法越疊越高，很奇怪吧？它們被我疊成一個密密麻麻的高台，很少連線成一排消除，完全違反了這個遊戲的真諦。可是有一天它們又全部消失了，偶爾我會想起來，但也沒有玩過了。」

「妳知道它們是哪天不見的嗎？」

鄭如搖了搖頭。

「大概哪個時期？新的學期或是看了某部電影這種。」

深呼吸，鄭如暫時停止換氣逼迫它在肺裡繞一圈，然後吐出一口長長的二氧化碳。菸還在燒，她只是需要一口氣。

四目相交，他的眼神像黑洞，吸納鄭如眼中所有掙扎。

「遇見我以後？」

夾在指縫的菸滑掉，微弱的火苗在柏油路上掙扎閃爍，很快被濕氣吞沒。

「妳喜歡咖啡還是菸？」

「……菸。」

她看著菸蒂，忘記闔上嘴巴。

男主角放下手中的馬克杯，深深吸了一口菸，彎腰橫掠過整張圓桌。百轉千迴，煙又從她的口中過渡而出。

「那妳喜歡我嗎？」

他吻了她。

用力扣住他的後腦勺，鄭如將他拉回來，把他的味道吃拆入腹。

碰。煙花盛放，炸毀肉身，她看見源源不絕的自己傾洩而出。

鄭如開始遷徙。

她終於等到遠方的感召，像驚蟄，第一聲春雷落下震動太過溫暖潮濕而逐漸腐爛的羽毛。飛回北方的時候到了。

她偶爾上課下課，大多時候她會提著一袋沒有開封的飲料，坐在黑膠地板上，看男主角排練。還沒有想出更好的理由解釋逃離，她索性把手機和鑰匙一起留在宿舍。排練的時候不能用手機，她決心與他們一起恪守準則。

目光只對準舞台。

用力地看他，看穿血肉，恍惚間覺得她的愛意讓她能直視他的肋骨。

她渴望一場肋骨的交舞，恨不得把自己融化。

然後他們回家。

靠出海口的房子有一隻幼貓。

男主角在誘哄牠吃下離乳罐頭。

他用湯匙將罐頭裡的肉塊絞碎，蹲在幼貓面前，手足無措地看著牠。牠晃了晃尾巴，對用餐看起來毫無興致。牠剛斷奶，男主角剛買回一些新的食物，兩者都還在適應突如其來的改變。

他試著發出一些逗貓的聲音，鄭如在他最近看的教學影片裡聽過。不倫不類的聲音讓貓不是很開心，起身走了。

「欸靠北，」男主角想追，可是蹲得太久雙腳發麻，晃了兩下跌坐在地上，手裡的罐頭灑出來一半。

他的頭髮沾到一些肉末，湯匙飛到鄭如腳邊。

「等牠長大我一定要讓牠知道幹你娘是什麼意思。」男主角對貓的背影豎起一根中指，「看屁喔。」

他沒好氣地接過鄭如拿來的衛生紙。

「很可愛啊。」

「我也覺得貓不要這麼難相處的時候很可愛。」

「我說你。」她說得很快，撿起湯匙和罐頭，出發尋覓貓。

鄭如其實中途過幾隻奶貓，但她喜歡看男主角做他不擅長的事。她希望自己可以傾盡愛意包裹那些手忙腳亂的時刻，往後他才會知道，即使做得不好也沒有關係，這是愛。

面對他的時候總是源源不絕，從心底生出洪流將自己吞噬。

「妳今晚會回去嗎？」

「嗯，明天早上要小考。」

「喔加油。」男主角接過被鄭如抱在懷裡的貓，看了牠一眼，將牠放回地上。爪子碰到磁磚的瞬間，牠又重新鑽回床底，「我明天不會回來。載妳去捷運站？」

鄭如沒有抬頭，她拔起充電的手機收進皮包，再把耳機線捲起放回袋子裡，確認男主角並沒有想要說話填補這個空檔，「我其實也可以走過去。」

「我想載妳，可以嗎？」

男主角問。他總是喜歡徵得鄭如的同意。

她知道現在拒絕，他真的會收起機車鑰匙。

鄭如看著他片刻，直到一閃而逝的裂縫被他側臉的弧度填滿，才點了點頭。

男主角笑了，鑰匙圈在他的指節繞了幾圈，安全降落在手心上。

「想什麼？」

「想你怎麼可以這麼好看。」

「白癡喔。」

「你明天要去哪裡？」

他走上前按了電梯，回過頭問，「妳剛說什麼？」

鄭如與電梯裡的機器提醒同時發出聲音，「電梯門要關了。」

坐上機車以後一路無語。小巷沒有來車，男主角催動油門高速穿梭其中，只有風的聲音。風從他的方向吹來，將他輕輕哼著的旋律傳到鄭如耳邊，但她若是想要說話，聲音只會順著風被吹往更遠的耳朵裡。

董呈方坐在女生宿舍的樓梯口玩手機。

鄭如遠遠地看見他，生出想要轉頭走回捷運站的衝動，但她搭的是末班車，警衛跟在她身後把鐵門拉下。

「嗨。」她等到他差不多結束一局遊戲時開口。

「喔嗨，妳回來了。」

「你怎麼在這裡？」

董呈方將手機塞進褲子的口袋，站起身時發現鞋帶鬆了，彎腰要綁手機就掉出。她看著他撿回手機，卻空不出手打一個蝴蝶結。

「打給妳沒接，後來妳室友接了，說妳還沒回來。」他抬起頭，「妳最近很常忘記帶手機出門。」

「很吵。」

「什麼？」

「手機鈴聲。」

「換一個啊。」

「你知道我不是這個意思。」

董呈方倒退了兩步，走上階梯，「我們聊點別的。」

「我想上去洗澡了。」鄭如放緩語氣，想從他身邊經過。

董呈方抓住她的手腕，「寒假一起出去玩好不好？」

「去哪？」

「宜蘭或雲林，那邊都有很多田。」

「好突然。」她試著用善良語氣包裝質疑，儘管她確信董呈方聽不出差異。

「妳最近不是心情不好嗎？我每次回彰化看田都覺得滿爽的。」

「那幹嘛不去彰化？」

「妳不會想去那邊啦，我爸爸媽媽阿公阿嬤全部的親戚都會跑出來觀賞妳。妳現在看起來太累了，等妳之後比較漂亮再去。」

鄭如回頭瞪了他一眼，就對上董呈方緊張的眼神。

他的眼睛是棕色的，很淺。走過會濺起水花。

「生氣的時候臉頰會胖胖的。」他伸手接住她的臉頰，大拇指輕輕揉了一下，「要笑啊。」然後手指往下滑，扯了扯她的嘴角。

被機車後座風乾的水氣，她重新在董呈方身上得到補注。隱形眼鏡在眼眶打轉兩圈，適得其所。

反手牽起董呈方的時候，鄭如突然明白自己握住的是泉眼。

荒地才需要深井。探勘與取用必須不斷並進，他們才能避免成為一灘死水。

從前她總是汲水，所以感受不到自己存在的意義，現在她終於明白豐沛的價值是在豢養。

烏鴉反哺，羔羊跪乳，董呈方含著她胸部的時候，鄭如無可奈何地想起貓咪斷奶就急著逃跑的畫面。

「會痛嗎？」他停下動作，慌張地問。

鄭如搖頭，閉上眼就感覺到過多的液體順著裂縫溢出。

「邊城的破敗，愛人的餘燼……幹。」

一小球紙團掉到鄭如腳邊，她抬頭看見男主角咬著筆頭吐氣。

「要抽菸嗎？」她拍了拍他的肩膀。

「幹，為什麼這麼難？好難看，我只會說，不會成為一個更好的人。」男主角坐在床邊，他的背脊挺直成一個美麗的弧形，即使懊惱也不肯鬆懈，「演戲好難，幹你娘，我要回家種田了。」

鄭如闔上筆電，往前靠了一點，摸摸他的頭。

男主角轉過來看她一眼，她今天穿了一件大圓領的洋裝，乳房上緣展翅成為一隻好看的海鷗。

「做好自己本來就是一件很困難的事。」

男主角倒向床上，髮梢剛好擦過她的腳掌，她感覺全身被一陣電流竄過。

「還沒洗衣服、還沒交報告、時間不夠用、戲演不好。」他喃喃自語，「我的生活就是這樣了。」

「還沒洗衣服、還沒交作業、時間不夠用、書讀不好。」鄭如閉起眼睛，想她還困在宿舍床上不願意起身時的感覺，「每個人的生活都是這樣。」

「對。」男主角頹喪地閉上眼睛。

鄭如不知道要說什麼，那些巧舌如簧的安慰在他面前顯得毫無意義。她坐到他躺下的位置，小心翼翼地摸著他的頭。

他躺著，她坐著。床的旁邊是一面全身鏡。

房間不大，鄭如正對著鏡子，可以清楚看見自己暈開的眉頭和胸前的紅點。出門前，她在兩件洋裝之間猶豫不決，另一件是高領的襯衫洋裝，她最後還是選了身上的衣服。

每一次男主角正眼看她，她都感覺自取其辱。

她想了想，仍然無話可說，只是順著漫溢出來的愛憐，再摸了摸他的頭，跟著躺下，與男主角並肩入睡。

那時候是晚上。

路燈是白色的，雨飄在光下才有形狀。

貓把她搞得一團亂，牠抓壞她的床墊，在枕頭上尿尿，叼走她的棉條，還有牠總是愛咬她。鄭如傾向用愛來解釋痛。

不是牙齒刮過手指，留下兩個淺淺的洞。

牠咬的每一口都讓她看見自己的骨頭。

貓偶爾在外遊蕩累了以後，夜裡會回來蜷縮在鄭如懷裡。

牠鑽進來的時候其實會把她吵醒，但她總覺得好幸福。

鄭如是貓的歸處，思及此，她願意被牠一口一口改造成適合貓的形狀。

可是有一天她發現，貓想要啃食她的肋骨。

鄭如這才驚覺，她願意獻上自己的心臟。她決定先殺了貓。

路燈是白色，積水是紅色。滴滴答答，雨是透明的。

鄭如蹲在水漥旁邊，目送貓咬著自己一半的心臟離開。

把牠趕出心上，就是殺了牠的方法。

貓沒有回頭，牠夾著尾巴低鳴，卻仍向街的盡頭走。鄭如知道牠也難過，可是牠即使擁有一顆半的心臟，也不懂得愛人。

因為牠是貓。

鄭如被自己的眼淚冷醒。她發現是夢的時候哭得更慘，因為他是人。她忽然明白男主角不是不懂愛，而是他只會這一種生活方式。

所以他演不出愛。

貓不見了。

鄭如睜開眼睛的時候看見男主角蹲在床前，手裡拿著湯匙，不停敲打罐頭。

他的動作帶有一種機械性，不知道已經敲了多久。

「貓不見了。」男主角抬眼，看了鄭如一眼，又將視線移回床底。

「牠應該只是躲在某個地方睡覺吧？」她不想看他這樣，心裡已經承認，四肢的開關卻還在運轉，「門有被推開嗎？紗窗有破嗎？」

男主角搖了搖頭。

「那你怎麼會覺得牠不見了？」

他繼續敲著罐頭。

鄭如拉住他的手，「賴宇和你不要這樣，牠可能只是在睡覺。如果你真的覺得牠不見了，我們可以出去找呀。」

他用力抽回自己的手，湯匙上的罐頭肉末濺到床單上。

「你可以叫我起來一起找，我穿個衣服就出去。」

回應她的只有湯匙和罐頭碰撞的聲音。

鄭如從床上拿起胸罩，背對他的時候皺緊眉頭，深吸了一口氣。

等她穿戴整齊，回過頭，她看見男主角坐在地上，終於放下湯匙和罐頭。但他赤手空拳的模樣忽然讓鄭如覺得很悲傷。

「妳有搞丟東西過嗎？」他問她。

「很多。」

「妳都在什麼時候發現妳弄丟了它們？」

她低頭，手不自覺放到自己左胸前，想確認那裡還有一顆完整的心臟。

「我一弄丟的時候。」

「我也是。」男主角說，「所以我就是知道牠不見了。」

「貓是我在牠媽身邊撿的。妳知道是什麼意思吧？我殺了那一隻貓，撿回另外一隻貓。」

鄭如低頭看自己的手，開始不能確定那是不是一場夢。

那天晚上鄭如逃回董呈方的公寓裡。

他開門的表情和男主角關門的時候如出一轍。

鄭如忍不住用力抱緊董呈方。

「怎麼了？」他問。

一聽見他的聲音，鄭如就哭了，「我夢到我殺了一隻貓，貓就不見了。」

「什麼意思？」

「我認識他的那天，他殺了十隻貓。我不敢猜他用什麼東西去換。」

「妳做惡夢喔？」

「希望那裡面有我。」

她把下巴靠在他肩上，董呈方一手輕拍著她的背，「有吧、有吧。」

鄭如想了想，忽然覺得很捨不得，「可是我的裡面也有你。」

「夢到我就不算是惡夢吧？」

「不要難過，每個人的生活都是這樣。」她說，她知道不會有人這樣抱她了。她想在董呈方學會什麼是傷心以前，先安慰他。

「妳喝醉喔？」

「你閉嘴啦。」鄭如巴了一下他的頭。

董呈方順勢將她拉到自己面前，他的眼睛還帶著不明所以然的笑意，卻在看清楚鄭如以後皺起了眉。

「露出來了啦，很明顯欸，不要給別人看到。」他說，食指戳了戳鎖骨以下零星的吻痕，伸手蓋住它們。他的手掌很軟，大拇指內側的刀繭滑過她的脖子，然後停下來。董呈方施力，輕輕按了下去，「這裡就是人類的頸動脈喔。妳不是問過我嗎？」

鄭如猛然將頭埋進他的懷中，在眼淚滴到下巴以前，伸出舌頭將它舔掉。自產自銷自體循環。她終於下定決心不再浪費。

「寒假出去玩的民宿給我訂吧，我想好我們要去哪裡了。」

他們分開出發。鄭如訂好民宿與時間，卻在前一個禮拜臨時告訴董呈方，她想要自己坐火車。

三天兩夜的旅行，她訂了四個晚上的房間。她告訴董呈方，那幾天想要什麼時候抵達都沒有關係，因為她還不知道自己什麼時候會準備好離開台北。

男主角不見了。

鄭如沒有去找，她甚至不需要按電鈴，就能確認他不在那間房子裡。信箱裡的備用鑰匙也不在了，那裡只有一張國外寄來的明信片。她用盡全身的力氣才阻止自己把它抽出來看。

和自己說好要離開的每一天，她都會再去一次。

如果有人拉住她的手，她猜自己也會用力地甩開。

鄭如終於明白，男主角敲罐頭的聲音不是召喚，是祭奠。

她最後也留下一張明信片在信箱裡。她有點生氣，自己總是在男主角後面。

她找到自己來台北那一年的手帳。紙上貼了一張車票，旁邊註記那是她第一次一個人搭車，身邊坐了一個帶著狗的大叔。

後來她都用手機買車票，電子票券讓她不需要在票閘前才發現自己把車票留在宿舍。

她用一個人的座位宣示成長。卻再也想不起來身邊坐過誰。長大以後的事，她記得的部分越來越少，終於有一天她忘記自己定義的成長。

火車經過一個一個隧道，離開台北。

一明一暗之間，她想起午後的淡水、路燈稀微的夜巷、透進宿舍百葉窗的陽光、同學們面目模糊的派對。

劇場的黑是全然的黑。演員卻能在那時候精準地抵達自己的定位。向後靠躺在座椅上，鄭如閉上眼，迎接下一個隧道。

她想在純粹的黑暗裡，看見結局的樣子。

他們走在小路上，一前一後，鄭如下意識走在前面。

她沒有想像過兩個人的畫面，一時無話可說。

鄭如看著董呈方，點起一根菸。

菸味召喚了鄭如的餘裕，他們總在晚上抽菸，看不見彼此的時候，就能說出一些不那麼輕易的話。午後的天色還亮，她就著熟悉的味道，慢慢抬手遮住眼睛。

「我剛到民宿的時候就很想知道沿著這條路走的盡頭會是什麼。站在民宿門口看，只看得見水和路。」她說，「河的兩邊都是一樣的樹，一樣的路。看不見終點，好像就可以一直走，不用停下來。」

董呈方沒有接話，他盯著煙飄散的方向，看到河的另一岸。

他將她蓋住眼睛的手輕輕拉下來，「我們就是來找到終點的。」

「我看過他。」

鄭如覺得自己裂開了。

「什麼時候？」她差一點就要抓住董呈方肩膀逼問他，他在哪裡遇見他？憑什麼他可以找到他？

但她一抬頭就看見董呈方露出被打了一拳的表情。她壓下暗潮洶湧的眼淚。

「我很抱歉……」

「妳知道妳講話的方式變得跟他很像嗎？」董呈方打斷她。

鄭如強迫自己看向董呈方，她再三告誡自己不可以哭，不要再用他無法理解的眼淚綁架他的憐憫。他必須分一些同情給他自己。

「我知道。我不是有意的。」

「妳知道我愛妳嗎？」

「我知道。」

「妳知道他不愛妳嗎？」

她看著光影灑在支離破碎的人身上，想撿起其中完好的碎片，好好包裝，交還到他手中。她不想要那些插在自己心上的銳利，往後成為董呈方從此缺失的一部分。

「我知道。」

「我也知道，就像妳吸引我一樣，我們都對自己不知道的事情最著迷。」她看著淚水從董呈方眼裡一滴一滴掉出來，「我都知道，可是我還是很難過，還是想叫妳不可以走。我們哪裡都不要去了，待在這裡就好。」

「妳一定會哄我說好。然後就跟我困在這裡，再變回遇見他以前的樣子。」他說，拉住鄭如的手，他沒有牽她，只是輕輕扣著，「我以為我們相愛。」

鄭如艱難地擠出聲音，「我也以為我們相愛。可是後來我發現我只會愛或被愛，愛人好簡單就可以快樂，可是被愛的時候……我不知道我到底擁有了什麼，就算那是我的全部，我也不知道他得到什麼。」

「妳說妳想好了。」董呈方放開她的手，「我們要去哪裡？」

他們繼續走，走到夕陽被水田吃掉了一角。

鄭如抬頭，看著河面的倒影，兩邊的樹分明是一樣的，她卻覺得另外一邊的形狀不只是樹。

他們經過一個又一個路口。

小路的終點不是盡頭，是一座橋。

橋通往水的另一端，是他們來時路的反方向。小路的終點沒有花園、寶藏或閃閃發光的結局，他們終究只能回到原點。

「就走到這裡吧，我想轉彎了。」鄭如指著橋的方向說。

「我想繼續。」

「好。」

鄭如感覺她在目送自己離開。

「掰掰。」她輕輕對他說，他沒有回應。

她想從彼岸看這頭，董呈方是這裡，男主角是河的另一岸，她看見的其實是同一種風景，只是因為她用倒映的角度，才會感覺瘋狂迷戀。

但愛是發現以後，她把視角調整回來以後，還是看見生活的顏色。

她跨過去再回頭，看見此時的彼岸，彼時的此岸，樹是綠色，水田是銀色的。愛是有顏色的。

她看見董呈方點起一根菸。

「嗨。」

賴宇和抬起眼，點了個頭，把菸點燃。

「我叫董呈方，我跟你住同一間房。」他說，拿起鑰匙晃了晃。

賴宇和吐了一口煙，笑出來，「我上大學那年，第一句跟我室友說的話也是這個。你好，我叫賴宇和。宇宙和平的宇跟和。」

「我知道。雖然鄭如一直覺得我沒有發現。」

「她應該沒有想到我會來。不然她一定會早一點到，自己承擔互相介紹這個尷尬的場面。」

「你沒有答應她嗎？」董呈方自嘲地笑了一下。

「我沒有遇到她，她留了明信片在我家的信箱。」賴宇和說，盡量不去想像任何畫面，「我也不會答應她。我是來找你的。」

「你有被打過嗎？」董呈方躍躍欲試。

「很常。」

賴宇和自顧自拉開民宿陽台的椅子坐下，將菸盒遞給董呈方，「抽嗎？」

董呈方搖頭。

「鄭如說過。」他說，「不過我還是想自己再問你一次，我都這樣交朋友的。」

賴宇和敲了敲菸灰缸，抽滿一個，伸長手把另一個搆到眼前。

董呈方癱坐在椅子上，「她很喜歡你，你對她來說很特別。」

「我對很多人來說都這樣。」賴宇和聳了聳肩，「因為他們跟我待在不同的世界，所以會覺得我很有吸引力。但我那裡的人，活在戲中的人，我們看都是一樣的。我看你也很屌啊，獸醫應該很會餵貓吧？我們家那隻有夠難搞，我他媽連叫牠吃飯都做不到。」

「幹，獸醫不是在養寵物好不好？」

「我很抱歉，也很痛苦，雖然你可能看不出來。畢竟這不關你的事。」賴宇和轉向董呈方，毫無波瀾的眼卻讓他無端看出了求救。

他生硬地別開眼，「每個人的生活都是這樣。」

賴宇和抽了兩口菸，「你想知道什麼？關於我們。」

董呈方看著他，認真看著他。

這是董呈方一路上不停在想的問題，穿過每一個隧道，他都以為答案會跟光一起出現。

他從來不做沒有想清楚的事，算不出答案的題目也絕對不胡亂猜一個數字填上去。第一次上解剖課時，同組的同學拿著手機站在一公尺遠的地方錄影，後來每一次回放複習，他們都會將肉塊被掀開再放下的部分調成靜音，董呈方當時就站在第一排聽。他在火車上不斷聽到那個聲響，卻找不到潰爛的神經。

事情不該是這個樣子，所以他來了。即使要翻開每一塊肌肉，繞開晃動的脂肪與血塊，滿手血腥與腐敗，他也想要親眼見證它毀壞的樣子。

「你看不出來她的眼睛會發光對不對？」

賴宇和不著痕跡地往椅子內縮了一點。

「因為她看到你的時候，一直都在發光。」

這一路上董呈方都在做最壞的打算，他知道自己會是輸家，可是沒有想要狼狽。但現在他的眼淚跟鼻涕一起沖出來，他抬手遮住自己的臉。

「我看過她……亮起來以後的樣子，就捨不得她再當原本的人了。我怎麼可能看不出來啊？她變得好美，不是什麼出軌以後會精心打扮的那種鬼。她就是變成一個我更喜歡的樣子了。所以我也不想說破，我想再多看一下。」

「嗯。」賴宇和聽著。

「為什麼不是我？」

「嗯？」

「讓她發亮的人，為什麼不是我？」

賴宇和很慢很慢地閉起眼睛再睜開，他將手心握拳湊到董呈方眼前，「你看到了嗎？接力棒。我交給她了，她就快要交給你了。總會輪到你當跑在前面的那個人，但你要先接過棒子。」

董呈方從一片淚眼模糊中看見賴宇和攤開手掌，那裡握著一根剛點燃就被捏熄的菸。菸灰卡在他的掌紋之間。

「那時候，你會想問，為什麼我是讓她痛苦的人。」

「你給她的她嫌庸俗，她給我的只是她對我的幻想。」賴宇和說，「所以我們需要大隊接力，競相把自己的垃圾託付到他人手中，換一次可能獲勝的希望。」

「我只想要好好的喜歡啊，我沒有要比什麼。」

「如果只看著眼前的跑道，就會以為操場不是一個迴圈，這樣就可以說服自己繼續下去會看到終點了。我捨不得退出，沒有愛，我不知道怎麼生活。」

「你知道嗎？」他虔誠地告訴董呈方，「你也會發亮。有愛的時候，生活就會美好得讓你一無所知。」

他看著他，他看著菸。

良久，他從賴宇和手中拿起菸。

「各就各位——」

民宿外是一條筆直的小路，沿著河，看不見盡頭。

他們同時聽見槍響。

有愛的時候，
生活就會美好得讓你一無所知。

後記

大家都沒有真正想過自己得到金馬獎以後要說些什麼吧。這大概就是我現在的感想。在一個應該把夢想說得好像地平線，追到的同時就沒入海平面以下的年紀，忽然就站在得獎者的位置了。謝謝成全這件事的每一個人，不過因為是起點，所以我會停止繼續用一種輓聯的語氣致謝。

這些故事橫跨的時段有四年，每年一兩個。每每與世界相處了一段時間，即使還有眾多痛苦汲汲營營地在追殺，也必須停下來說，先讓我講一個故事。

身為一個很愛講話的人，這就是我全部的夢想。

它們誕生的順序是：〈馴鹿尋路〉、〈撲火〉、〈嫉妒的顏色是綠色〉、〈玻璃彈珠都是貓的眼睛〉、〈貓不見了〉。一字排開忽然感覺渾身赤裸，我想我大概還只會這樣寫，變造真實、虛構歡愉、改寫痛苦，但不管怎麼看，都還是我，也都還是愛。文字是真的，故事是假的，我們就能成真了。

說一些關於它們的，小小的有趣的事。〈馴鹿尋路〉一開始其實是麋鹿迷路，後來我才發現聖誕老人的坐騎是馴鹿，動物星球頻道真的是人生一盞明燈；看過〈撲火〉的人總是把它跟焦安溥的歌〈豔火〉搞混，我都捨不得糾正他們，我也好想順勢變成安溥（不可以）；〈嫉妒的顏色是綠色〉是高中英文老師真切說出來的一句話，稿費應該分她一些；〈玻璃彈珠都是貓的眼睛〉的貓咪的主人，後來請我喝了一杯 Shot；〈貓不見了〉是我唯一在台北寫出來的故事。

撿到一些，丟掉一些，成為一個人的過程大概也是這樣。

還可以寫真的是一件很幸福的事，雖然過程很痛苦，不管是辭溢乎情還是情溢乎辭的時候，太清楚寫了誰很怕被他告的時候。誠實向來不是我的專長，總是一邊逃離一邊忍不住回頭觀望，最後就在這裡了。

這裡收錄的故事大概可以總結成一些感覺。關於愛、被愛、相愛，在這些模糊的範疇裡，透過用力投射在別人身上的感覺肯認自己的形狀。感覺是生活的重力與動力，希望文字可以更有力量與意義的同時，還是無法捨棄感覺帶來的一切。所以就再說一個故事吧。

謝謝達陽，從鼓勵我投文學獎到出書，遇見達陽真的是我生命中神祕的轉捩點。謝謝編輯微宣，一直接受我奇奇怪怪的理由和哀號，比我還認真看待我的期末考。

謝謝一些我擅自挪用名字的人，看你們出現在故事裡我就覺得安心一點。謝謝昱均、宜軒、容安、祐群、存賢。因為要謝的事太瑣碎了，根本是生活，就不介紹為什麼要道謝了。謝天的概念。

謝謝我的狗狗汪汪。

謝謝顏，至今還是相信你給我的是魔法。

謝謝爸媽，買了一台電腦給我，不然要手寫的話，真的很累，可能就不寫了。那年我真的是很誠懇地說，因為我想要寫小說。

國家圖書館出版品預行編目資料

玻璃彈珠都是貓的眼睛 / 張嘉真作 . -- 初版 . --
臺北市：三采文化， 2019.08
面； 公分 . -- （Write On ; 2）

ISBN 978-957-658-202-8(平裝)
863.57 108010124

suncolor 三采文化集團

Write On 02

玻璃彈珠都是貓的眼睛

作者｜張嘉真
副總編輯｜鄭微宣　特約主編｜林達陽　責任編輯｜鄭微宣
美術主編｜藍秀婷　封面設計｜鄭婷之　封面插畫｜低級失誤
美術編輯｜ Claire Wei　內頁版型｜鄭婷之
行銷經理｜張育珊　行銷企劃｜周傳雅

發行人｜ 張輝明　總編輯｜ 曾雅青　發行所｜ 三采文化股份有限公司
地址｜ 台北市內湖區瑞光路 513 巷 33 號 8 樓
傳訊｜ TEL:8797-1234　FAX:8797-1688　網址｜ www.suncolor.com.tw
郵政劃撥｜ 帳號：14319060　戶名：三采文化股份有限公司
本版發行｜ 2019 年 8 月 2 日　定價｜ NT$350

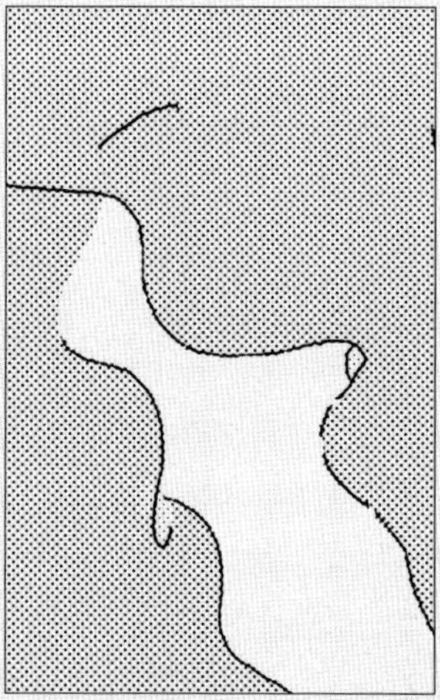

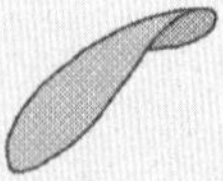